日記で読む日本史14

倉本一宏 監修

国宝『明月記』と藤原定家の世界

藤本孝一 著

臨川書店

目次

序

私が初めて冷泉家にお伺いしたのは、昭和五十五年四月一日午前十時半であった。財団法人設立のお手伝のためのご挨拶であった。広間に案内され、ご挨拶の終わった後、御文庫（おぶんこ）に案内された。最初に見せられたのが、茶販売の老舗一保堂の茶箱で、それが開けられ、中から取り出されたのが『明月記』であった。長持や桐箱類が所狭しと並んでいた。

次の日から午前十時から午後五時まで、御文庫の典籍目録を作ることになった。

まず、最初に取りかかったのは、『明月記』の調査であった。茶箱から取り出して、広間に据えた大きなテーブルに白い布を敷いてその上に運び出した。

『明月記』は、横に記録の意味の「記」と書かれた紙が貼られた長持に納められていたが、昭和六年に白蟻が入り巻物を食い散らした。そこで、アルミの貼ってある茶箱に詰め込まれていた。そのために三角形のおむすび状態になり、虫食いの箇所は紙と紙とが密着して開くことができないものが多くあった。そこで、巻物全体を緩めて、竹ヘラを虫穴の重なりに差しこんで離していった。三日間かかって全巻を広げられるようにした。それから週三日通い、御文庫の書物の大雑把な棒目録の作成が終わったのは十二月であった。目録から代表的な典籍を選んで、評価額を書いた。そのリストが税務署に提出された。冷泉家は翌昭和五十六年四月一日附で、京都府から財団法人の認可が下りた。現在は法人の改定により公益財団法人となっている。それ以来現在に至るまで、書物整理のために冷泉家に伺っている。

当時の冷泉家は、ご当主の為任氏、奥様の布美子氏、長女の貴実子氏のお三方で住まわれていた。目録作成の時に、貴実子氏から衝撃的なお話があった。「藤本さん、御文庫の書物は皆のものだから、研究しないでね」といわれた。私は、延久荘園整理令などを発表していた研究者であると思っていた。当然のことに御文庫を研究対象として見ていた。しかし、財団設立のための目録であり、冷泉家から研究を依頼されたわけでもない。また、貴実子氏には、公平に公開すべきであるとのお考えがあった。私は、その通りだと思い、それ以来、冷泉家時雨亭叢書で刊行された以降に、「叢書による」として研究成果を発表している。

多くの研究者がいらっしゃっていても、本文に注目するが、書物そのものに関心をもつ人は殆どおられなかった。本の形態から御文庫の歴史を探れないかと思い、写本を見続けながら考え続け、本そのものからも歴史を解き明かせるのではないかと思いいたった。そこから「写本学」を提唱するようになった。写本学を体系化するため、本そのものから実証できないかと考えた。それは装訂による形態論であり、写本自体の歴史である。写本学は、文字・絵の記録装置である本の装置を研究する学問である。

写本学から『明月記』をみると、伝存本は右筆らを使い七十五歳頃に清書（中書）したものであった。巻子本であっても軸を附けずに活用され、さらに多く故実に用いる巻は折本装になっていた。江戸時代に入って、袋装冊子本に写本されると、本体は文化財とみなされて軸を附け裏打ちを施して保存され、現在に至っている。写本学による形態を第一部の概論で論じた。この形態から生まれる各論を第二部で示した。

本書で書きたかったのは第三部の定家の「歴史的位置づけ」である。現在も和歌関係の出版物で定家を扱った論文が毎月出版されていることからも、自然に定家の偉大さはわかる。それは多くの文学書の写本を作製し、注釈書を作った。また、定家仮名遣いによる文字の統一や青表紙系の源氏物語の校訂などを定家が行わなければ、古代文学は不明な難解なものになっていたであろう。古代から中世の橋渡しをした定家の価値は計り知れないものがある。筆者はそこまで理解したが、原本を通して感じたこととして、さらに別の側面が定家にはあった。それは、神道の本地垂迹説からの独立により、日本文化の確立を志向したのではないか、その現われが古今伝授の起請文による神事化なのではなかろうか、と思いいたった次第である。このような視点から本書は構成されている。

また、『明月記』の本文は、冒頭近くの治承四年の二月十四日条の五条邸の焼亡記事は「庭梅盛開、芬芳四散、」と漢詩文で記している。このように、四六騈儷体を基本にして読点を打つと、文章が理解できることが多い。定家は『史記』を始めとした漢籍を精読して、日記の本文に引用している。『明月記』自体文学作品といっても過言でない。文学の鑑賞方法を、和歌は歌を聞き、物語は語るを聞き、日記は記録を読むものである、と筆者は考えている。『明月記』も『土左日記』も読む文学書と思っている。本文の理解に本書が少しでも参考になれば幸いである。

※『明月記』は公益財団法人冷泉家時雨亭文庫蔵の国宝を指しているため、所蔵者名を明記しない。

第一部　総論

第一章　『明月記』の本体

はじめに

藤原定家（一一六二～一二四一）の日記である『明月記』と聞くと、月に照らされた梅の花の紅と白が、闇の清寂の中に華やかに浮かび上がってくる。源平の争乱の中に、貴族に生まれながら政治と決別する心情を日記に「世上、乱逆追討、雖満耳。不注之、紅旗征戎、非吾事」（治承四年九月条）、と言い切った藤原定家の十九歳の姿と重なる。

家柄は、摂関家に次ぐ羽林家で、近衛少将・中将を経て大納言にまで進むことができる。羽林とは唐の官名（唐名）で近衛府をさす。正二位権中納言にまでなった貴族で、『新古今和歌集』『新勅撰集』の勅撰集撰者としての歌人、『松浦物語』の作者といわれる文学者、さらに紀貫之『土左日記』や菅原孝標女『更級日記』など古典の書写による文化の伝承者でもある。古代から中世にかけての継承と創造を体現した人物である。『明月記』は社会全般や天文に至るまで記録した第一級の史料であり、定家の全生涯に渡る文学作品といっても過言ではない。

当時の貴族の日記は、その家柄ごとの宮廷における元旦四方拝、春秋除目、新嘗祭等の行事における役割を中心に部類記を編纂して、家の故実書とすることを、その最終の目的としていた。毎日書き継いだ日記は、そのまま「日記」として伝えられていくのではない。ある時期、例えば家柄にともなう最高位に昇り詰めたとか、退官・出家などを契機として、子孫に遺すために「日記」の編纂が行われる。日々書き続けられた日記が編修史料となるのである。

『明月記』も定家の出家後を期に、部類記編修が開始された。まず、定家の右筆（祐筆とも書く）をはじめ多くの人により、中段階の荒い清書である中書（ちゅうしょ）（なかがき、中書本〈ちゅうしょぼん・なかがきぼん〉）の書写が行われた。中書本に、切継、校訂、日条の内容を要約した事書の書き込み等を行ったのが、現在の『明月記』である。この後の工程はなされていないが、一般的には事書等から目録を編修し、目録にそって切出したり抜書し、清書して部類記を完成させる。原本・中書の最終は消滅する運命となる。

このように、中書本は多くの人の手になるものである。これまで定家の筆跡と想定されていた典籍や古筆切の鑑定の際、定家が毎日書いた日記なので、例えば定家六十歳の『明月記』に筆跡が似ているから、その作品も当然その年代前後に書写されたものであろうというように、書風の比較史料として長らく用いられてきたことが実は間違いであることが、わかっていただけるであろう。『明月記』が出家後の定家監督下の中書によるものという基本的な事実が認識されれば、定家の書風基準にはならないのは自明のことである。

本章では定家の日記を通して貴族日記の本質論を述べる。しかし、本文の紹介ではなく、先に出版した『古写本の姿』（『日本美術』四三六、至文堂、平成十四年九月刊）で取り上げたうちの巻子本の姿の実態を示すものである。貴族日記を書写する姿勢は、現物の形態そのものに端的に表れている。『明月記』自体の「書写」・「活用」・「保存」等の写本学的視点でもって論じるのが本章の目的である。

一　日記と具注暦

日記は、毎日の出来事や感想などを書いた記録、またはその記録帳として一般に理解されている。古代・中世においては行事や事件などを記録する必要があった。日附を書くことで、その日の事柄や事件が記録を持つ所から「記録」とよばれ、窃盗事件等で経緯を記した文書を「事発日記」とよぶ例など、日記の同意語に「記録」を用いている。また、日を追って書くことから「日次記（ひなみき）」ともよぶ。

東京大学史料編纂所は藤原忠平（八八〇〜九四九）の日記『貞信公記』から『新井白石日記』にいたる古人の日記を翻刻出版する叢書名を『大日本古記録』としたように、記録の意味に重きをおいている。さらに、日記文学の『土左日記』『蜻蛉日記』『更級日記』のように回想録の意味も含まれている。

ここにいう「日記」とは、日附に従って毎日の出来事や感想などを記録した一般的なものである。平安時代から鎌倉時代にかけての日記とはどんなものなのか。

諸事を記録する日記は、文字や暦が大陸からもたらされた時から、人々が日常的に書きはじめた。日記は、朝廷で書かれた外記日記・蔵人日記・お湯殿の日記等の公的日記や各家の家司日記、寺社の日記などの準公的日記と、藤原道長（九六五〜一〇二七）の日記『御堂関白記』（国宝、陽明文庫蔵）・九条兼実（一一四九〜一二九七）の日記『玉葉』等の私的日記の、公私二つの系統に大別される。

一般に日記という場合は、個人的なものをまず思い浮かべる。日記の執筆者を「記主」とよぶ。例えば、『御堂関白記』の記主は藤原道長である。

藤原定家の生きた中世における個人の日記はどの様に捉えたらよいのであろうか。日記に記録する行為は、現代の日記と全く同じである。そこには、記録するために時間的な経過が含まれている。鎌倉時代の文書用例集を書き上げて解説した『雑筆要集』（『続群書類従』巻第三百七所収）日記項目に、

今案、日記者、必無式法、唯日所注記要事也、

とある。古文書形式の三要素「差出人・受取人・内容」を持つのと相違し、日記には形式がなく、ただ日附を注記するのが肝要である、と指摘する。

日附を書くには、暦に基づくのが当然である。当時の暦には、日附だけではなく、各種の暦注が記された具注暦が用いられていた。

具注暦

現在の暦は、太陽の黄道上の運行をもととするグレゴリオ暦（太陽暦）で明治五年に採用された。それ以前は、月の運行と太陽の運行とを一致させた太陰太陽暦（陰暦）である。

日本における最初の暦は、『日本書紀』推古天皇十年（六〇二）十月紀に百済国の僧観勒が「暦の本および天文地理の書、あわせて遁甲方術の書をたてまつる」とあり、実施されたのは、持統天皇四年（六九〇）十一月からとある。元嘉暦・儀鳳暦・大衍暦・五紀暦と続き、次の宣明暦は、唐の長慶二年（八二二）に徐昴が編修したもので、わが国では貞観四年（八六二）から採用され、貞享元年（一六八五）に貞享暦にかわるまでの八二三年間に亙って用いられた。定家の使用した暦ももちろん宣明暦である。

宣明暦の遺品例である『御堂関白記』は一日分が三行あり、一行目が暦で、上段に七曜・日附・干支・納音・十二直、中段は弦望・二十四節気・七十二候・六十卦・没滅、下段は日の吉凶・人神・日遊神・日出没・日月蝕時刻などの暦注が具に書き込まれている。この暦注がある暦を「具注暦」という。暦注を必要としたのは、星の位置による方角を忌み嫌う方違えや、土の蝕穢日「犯土」、帰宅・移転を禁じる帰忘日などの吉凶の日を確かめるためであった。古代・中世の人々の日常行動は暦注に左右されていたともいえる。さらに『御堂関白記』は二行目と三行目が空欄になっている。この二行空欄に、道長は日記を書き込んでいる。暦と日記が一体になったところから「暦記」とよばれている。このような日記が古代中世の標準と思われてきたが、高位高官が自分用に暦博士に注文したもので、一般的なものと即断することはできない。

暦の姿

鎌倉時代後期に編纂された『古今和歌集』の注釈書『六巻抄』裏書（片桐洋一『中世古今集注釈書解題

三』十九頁、赤尾照文堂、昭和五十六年八月刊）に、

　イヤ〳〵トテ暦ノ様ニ巻タル物ニ聞書ヲセシ也。

とあり、暦が巻子装（巻物）であったことがわかる。また、聞書の話などを書き留めるメモ帳も、暦と同様な巻物にもいやいやと思いながら書いていた。鎌倉時代までの書き物は巻子装が基本的であったと想われる。

関白藤原忠実（一〇七八～一一六二）の日記『殿暦』康和五年（一一〇三）十二月二十九日条に、

　巳剋許陰陽師光平来、新暦持来也、開了、但新暦持来、おくまてみはつる也、是故殿仰也、
　新暦持来時、抽本[軸]まで見了事、今年了見はつる儀欤、宿耀又同了、

とあり、軸の附いた巻子装であったことがみえる。来年の新暦を受け取ったときには、巻末の軸まで見るのが故実であるという。

日記の目的

律令制度において国政運営による官僚制の発達と共に、藤原鎌足を祖先とする藤原氏の独占体制が確立する平安時代中期の十世紀ともなると、摂関政治と言われる藤原北家流が生まれた。さらに藤原道長流の摂関家、大納言を極官とする羽林家などの家柄の固定化が起きる。それに伴い、政治に先例を重んじることが重要な事柄になり、家柄にしたがった有職故実が生まれてくる。藤原師輔（九〇八～九六〇）が貴族の務めを子孫に書き遺した『九条殿遺戒』（『群書類従』巻第四百七十五）に、

見暦書、可知日之吉凶、年中行事略注付件暦、毎日視之次、先知其事、兼以用意、又昨日公事、若私不得心事等、為備惣忘、又聊可注付件暦、但其中要樞公事、及君父所在事等、別以記之可備後鑑、と、教えている。暦を見て吉凶を知り、暦に年中行事の略記を注記しておいて毎日注意して見ておく。この注記は家司が新暦の日附の頭に書き込んだと伝えられているところから「家司書」とよばれている。あらかじめ行事の用意をするためである。公事で不案内なことがあったならば、忘れずに暦に注記しておくべきである。その中で重要なことは別に記し、後の備えにしておくべきという。「別に以ってこれを記す」とは、『明月記』を例にすると熊野御幸に伴をした時の日記を別に記してまとめた『熊野御幸記』一巻（国宝、三井文庫蔵）が、ここに言う「別記」である。別記も日記の一種である。「惣忘に備えんがため、またいささか件の暦に注すべし」と暦の中に書き込んで後に備えよと日記を説明している。『御堂関白記』はその典型である。

貴族達は、当日行われた儀式を日記に書くことにより、子孫に先例として遺すのである。その家にとって日記の目的が公務に機能する準公的な側面をもつことになる。

貴族にとって日記を書くことは家の存続のため欠くことのできない日常的な行為であった。決して今日的な私の日記ではなかった。家柄にあった準公務日記を書き綴っていたのである。

言い換えれば貴族全員が日記の家となる。あえて日記の家といえるのは殿上日記のような公務日記を書いた家柄を指す。現在、貴族の家柄を恣意的に「日記の家」であるとかないとかと言っているのは、机上の論議でしかない。

このような流れの中で『明月記』も子孫に遺すための日記であったといえる。『明月記』はどのような形で書かれていたかを、次に見ていこう。

二　書名

日記の書名は古来より本人は附けなかった。永井荷風が日記を「断腸亭日乗」と自ら名附けているのは、作家の著作と考えていたからで、例外的である。日記はあくまでも個人的なもので、近代の作家の鷗外や漱石などは『森鷗外日記』『夏目漱石日記』などと記主本人の名前を冠している。

藤原定家の日記も『明月記』と称されているが、自ら命名したものではない。建仁元年（一二〇一）十月に後鳥羽上皇の熊野御幸に随行した日記を別にまとめた「別記」の『熊野御幸記』一巻がある。その一紙目は、江戸時代に装訂した折に表紙になっていた外題部分を中心に切り取って本文の前につけたものである。題名には、

熊野道之間　愚記略之　建仁元年十月

とある。『明月記』の建保元年（一二一三）七月二十日条・嘉禎元年（一二三五）五月二十八日条・嘉禄元年（一二二五）二月五日条・同二年十一月十一日条など、一般的な自分の日記の呼び方である「愚記」と記している。

名称

日記の名称は、後世にどんな根拠により命名されたのであろうか。

藤原道長の日記は、建立した法成寺の御堂と関白の地位にいたとの伝承から『御堂関白記』とよんでいる。実は道長は関白に就任していないが、摂関政治を確立した比類ない人物としての評価により最高位の関白と世にうたわれた。道長と対峙した小野流の右大臣藤原実資（九五七～一〇四六）の日記を『小右記』と云うのは、小野と右大臣の頭の字を採った後世の命名である。源師時（一〇七七～一一三六）の日記を『長秋記』とよぶのは、師時が長らく皇后宮権大夫を勤めたところからである。皇后宮は中国の役職名（日本側から見て唐名というが）「長秋宮」であることからの書名である。

命名

『明月記』は官職名・寺院・愛称等でもない。また、いつ頃から『明月記』とよばれていたのであろうか。確証はないが、おおよその想定を略述する。

子息の為家から為相へ伝える時の『藤原為家自筆譲状』（重要文化財、冷泉家時雨亭文庫蔵）には『明月記』を「故中納言入道殿日記自治承至于仁治」とよぶ。為相から長男為成の『応長二年三月十一日附譲状』（重要文化財『手鑑』所収〈旧前田家蔵〉、金沢市立中村美術館蔵）にも、「中納言入道殿御記自治承至于仁治」とある。本譲状は為成へ譲った時の文書であるが、のちに為相にもどされて弟の為秀（冷泉家二代目当主）へ譲与された。

鎌倉時代から南北朝にかけて、花園天皇の日記『花園天皇宸記』正中二年（一三二五）十二月三十日条や中園家の太相国洞院公賢の日記『園太暦』貞和二年（一三四六）閏九月六日条には、記主名そのままに「定家卿記」と引用する。

『明月記』命名の根拠とされた文献で、二条良基（一三二〇～八八）の説を引用した、『広橋家記録』諸記雑記抄の中に四朝執柄である二条良基の記に、

定家自筆記、自治承至此年仁治二年也、凡公事故実和歌奥旨明鏡也、住吉神神託云、汝月明云々、仍号明月記、此記為秀卿正本相伝之外、更無所持人也、不可有他見、

四朝執柄判

とある。最初に自筆記が『譲状』と同文の「治承から仁治二年にいたる」と記すことで、日記の由来とする説もある。しかし、この記事は定家の歌論書とされる『毎月抄』に、

去元久比、住吉参籠の時、汝月明らかなりと、冥の霊夢を感し侍りしによりて、家風にそなへんために、明月記を草しをきて侍事、身には過分のわさとそ思侍る、

とある記事からで、文脈からも日記のではなく歌論書の一種である。

最古の例と思われる史料に、中山忠親日記『薩戒記』応永三十二年（一四二五）正月七日条に、

後聞、右府見定家卿記明月記、示此旨給云々、仍又引勘彼記、正治二年正月七日、（以下略）

とあり、正治二年正月七日条を『明月記』から本文を引用している。そうなると、『明月記』の名称の最も古い例であろう。

日記の名称『明月記』が定着したのは江戸時代であったと、辻彦三郎氏は『藤原定家明月記の研究』（昭和五十二年五月刊、吉川弘文館）の中で説かれている。また「明月記」のほかに「照光記」とも書名がある。慶長十九年（一六一四）十月に徳川家康が五山僧らに貴族の古典籍を書写させたときには『明月記』とよばれている。明治四十四年に出版された活字本の書名が「明月記」となったことにより、他の名称は使われなくなった。読み方は、一般に「めいげつき」であるが、冷泉家では「めいげっき」と詰音でよんでいる。

筆者の考える書名の由来は、『明月記』第一巻（重要文化財、天理図書館蔵）のはじめの治承四年（一一八〇）二月十四日条に、

十四日、天晴、

明月無片雲、庭梅盛開、芬芳四散、家中無人、一身徘徊、夜深帰入寝所、燈髣髴、猶無付寝之心、更出南方、見梅花之間、惣聞炎上之由、乾方云々、太近、須臾之間、風忽起、火付北少将家、即乗車出、依無其所、渡北小路成実朝臣宅給、倉町等片時化煙、風太利云々、文書等多焼了、刑部卿、着直衣被来臨、入道殿令謁給、狭小板屋、毎事難堪、（頭書）「炎上事」

とある。最初に出てくる「明月無片雲」の名文に強く読者が印象付けられたことからの書名でないかと思えて仕方がない。この記事に後世の典籍書写の契機を解く鍵が表現されている。

前年には昇殿を許され、従五位上になった年で、父俊成の五条京極邸に住んでいた。日条を読みとくと、なければ、世界に誇りえる古典籍は貧弱なものになっていたであろう。この十四日条は定家十九歳で、定家の写本制作活動は、文学書・故実書など膨大な範囲に及んでいる。定家の目線による書写活動が

定家の書写活動の契機

定家の写本制作活動は、文学書・故実書など膨大な範囲に及んでいる。定家の目線による書写活動がなければ、世界に誇りえる古典籍は貧弱なものになっていたであろう。この十四日条は定家十九歳で、前年には昇殿を許され、従五位上になった年で、父俊成の五条京極邸に住んでいた。日条を読みとくと、

その日は、十五夜前後の晴れた明月で、雲一つない宵であった。庭には、梅の花が真っ盛りで、馥郁たる香が満ちていた。家には人の気配がなく、一人歩き回って、寝所に帰ってきたが、灯りがほのかに揺らめき、なにやら寝付くことができなかった。また南の方に出て梅を眺めていたら、火事だという叫びが聞こえてきた。火元は北西の乾の方角という。（火元は左京高辻北万里小路西であった。）はなはだ近く、すぐに、風が起こった。火は北の少将藤原実教家に燃え移った。父と共に直ちに車を出し、避難場所を探したがなく、父は北小路の源成実朝臣の邸宅に移られた。倉町等も瞬く間に煙と化し、風ははなはだ強かったという。俊成邸の蔵書も多くのものが焼失してしまった。刑部卿藤原頼輔は直衣を着て火事見舞いに来られた。父入道殿は見舞いを受けられた。私に与えられた所は、狭い小板屋根の別棟で、何をするにも堪え難いものである。

とあり、後年の清書（中書）の際、全体を「炎上事」と頭書（事書）して項目にしている。

勅撰集撰者の定家にとって、勅撰集の編纂で膨大な史料が手元にあったのは当然である。しかし、撰集以上に定家の執念とも思える書写活動は、父の集めた蔵書が一瞬の間に消滅した恐ろしさを、体験したことに源因があった。恐怖とも思える体験が、いつ焼かれてもよいように収集や借用した書籍を家人

達に書写させて副本の作製をしたと想える。後年、一条京極邸の造作で、文庫である土蔵を厳重に造らせたのも、書物炎上が身にしみていた経験からであろう。天福元年（一二三三）十一月二十六日条に「天晴、開文庫令払書」と文庫の曝書を毎年のように行っている。

この火災を、定家七十歳の寛喜三年（一二三一）八月十九日条の春日参詣の折に思い出して涙を流している。それは、京極六条から賀茂川の川原に出て奈良に向かうなかで、老病で久しく外出しなかったために、行く先々で往年を思い出し、

七十懐旧之涙、付事難禁、治承四年春、五条亭焼、夏比、居住外祖母法性寺宅、遷都之比、自是出仕、

と記す。五十年後までも、心の底に秘めていたことが分かる。この思いが、一生涯にわたっての書写活動の原動力になったのである。

三　原形

『明月記』の原本は、定家二十歳の日記の冒頭に「治承五年具注暦日　辛酉歳」、続けて正月一日条に、「戊申、土、危、天晴風寒」と「戊申、土、危」、うえから干支、納音、十二直にあたる暦注が書かれているところから、中書する際に具注暦が反映されたものである。従来、『御堂関白記』のような間明き二行ないし三行の空欄の具注暦に定家が日記を書いていた暦記である、と説明されてきた。

現存の『明月記』に具注暦に書き込んだ遺品が一点も見出せないのは、晩年の清書（中書）であるから当然ではあるが、二十歳の従五位上定家に、具注暦に書き込める暦記を日記に用いることが出来たかの疑問が沸く。

具注暦に間明き（空欄）を設けることは、暦博士に私的に注文する暦で料紙の枚数も多く必要になり、相当贅沢なものであった。鎌倉時代中期、高野山学僧頼瑜の著述に『真俗雑記問答鈔』（『真言宗全書』三十七）がある。その文中に間明き二行の暦について「皇后親王関白家準之」と記述している。

治承四年の定家は、出家して釈阿と名乗っていた父俊成の五条邸に住んでいた時代であり、果たして関白に準じた具注暦を用意して、日記を書き込んだであろうか。最初に日記を記した十九歳前後の官職は侍従である。従五位下から上になったばかりで、手間が掛かる暦を、暦博士に特別に注文して用いていたとは考え難い。

具注暦自体は、毎年十二月一日頃に購入している事が『明月記』嘉禎元年（一二三五）十二月一日条に、

　未時雨脚猶滂沱、太陽景亦照、見新暦、不聞世事、入夜亦雨降、

と見える。来年の暦を入手した時は、巻末まで開いて見るのが故実であった。また定家は、『明月記』天福元年（一二三三）十一月二十六日条に、

　昨日恍惚之余、忘今日帰忘日、見暦驚之、深更行西宗弘宿所、聞暁鐘一声帰、

とあり、帰宅・移転等をする時、不吉として忌み嫌う日である暦注の「帰忘日」を知らず失敗したとあ

る。暦を見て驚くのは、暦と日記が別々にあり、具注暦と一体になっていなかったことになる。紙を継いだ巻物に、家に備えていた暦（具注暦）一巻を参照し、日附・干支・納音・十二直・雑注などを書き写していたと推測する。

巻子装

『明月記』が具注暦に書き込まれていなかったとすると、日記を書くのは冊子の形式と想われがちである。しかし、前述したように鎌倉時代頃までは巻子装に書くのが基本の姿である。文書の裏白を利用した袋装冊子本は平安時代にもわりあいに伝存しているが、書写に白紙を用いた袋装冊子本を利用しだすのは室町時代以降である。定家も日記を巻物に書いていた。『明月記』建保元年（一二一三）四月末日の二十九日条巻末に、

五月、依大巻切之、

とあり、書いている途中であまりにも太巻きになったために、五月から独立させた。これは、巻子装であった明確な記述である。現在の『明月記』でも、五月から別の巻になっている。巻子が太めになった時は分割することを、『明月記』寛喜元年（一二二九）九月三日条に、

書第九巻八枚、本草子七十七枚、依大巻、以卅九枚為上巻、巻料紙卅枚、於大巻者、皆為上下也、

とある。定家は草子を書写するとき「大巻においては、みな上下となすなり。」と言っている。

巻子の利点は、切継ができることである。鋏や小刀で、切って糊附すれば、書状や関係文書を該当の

日時に簡単に挿入できる。巻末には紙をたして増補したり、一巻を切って二巻にすることもできる。

巻子本の紙継法―右手前・左手前―

巻子本の説明は、一般に『広辞苑』の「書画を横に長く表装して軸に巻いたもの。」という記述であろう。しかし、読書機能の長い歴史からみると、紙を継いだだけで軸のない巻物「続紙（しょくし）」が本来の姿で、軸がある形は、読書から離れた保存の形態である。

軸がない続紙が読書用であったことを端的に示すものに、正倉院の遺品中に巻子用の書見台がある。残欠しかないが、復元品がある（奈良国立博物館蔵）。これを見ると、巻子用のために、丸い金具が左右に二つずつ附いて、この中に巻子を開いて置くようにできている。軸が附いたまま巻子を置くと、左右に段差ができ、読書ができないことがわかる。読書には軸がない続紙の巻子本であった。

改めて巻子本を規定すると「紙を継いで巻いた続紙。保存するためには軸を附けたもの。」となる。

〔続紙の製作〕

続紙は、一枚一枚の紙を左右の端に糊附けして継いだ巻物である。糊を附ける方法には、右手前と左手前がある。右手前の紙継は、右手に持った紙と左手に持った紙とを糊附けする際、右手の紙が左手の紙の上になる（図1）。左手前は、その反対で、右の紙が左の紙の下になる（図版）。紙面には、表（滑らかな面）と裏（ザラザラな面）とがある。紙継は、表面の上に裏面を重ね合わせて、上の裏面の紙を横にずらして糊幅を出し、表面裏面共に糊を附ける。次に、上の紙を展開して紙継をすると、綺麗に継ぐことができる。右端から継いでいけば右手前になり、次に、左端から継いでいけば左手前になる。左右の紙継の意味するものはなんであろう。

①左手前

縦書きの文字は右から左に書くのが原則であるから、書きながら紙を継いで行くと、巻頭から巻末に向かって左端に紙が継がれ、紙継目が左手前になる。草稿本の形である。

島津家文書（国宝、東京大学史料編纂蔵）の戦国時代に制作された系図の小巻は、表紙が附いているが軸はない。継目は左手前である。子孫を書き足す必要があるためである。

②右手前

右手前の継ぐ作業は、巻末の右端から巻頭へ継いで行くことになる。巻末から継ぐことは、写本をする際、写す親本は紙数が決まっているために、同じ枚数の紙を継いで、親本と同じ状態で書写する。巻末から巻頭に向かって継いでいくと右手前になる。現在、我々が見る大部分の巻子

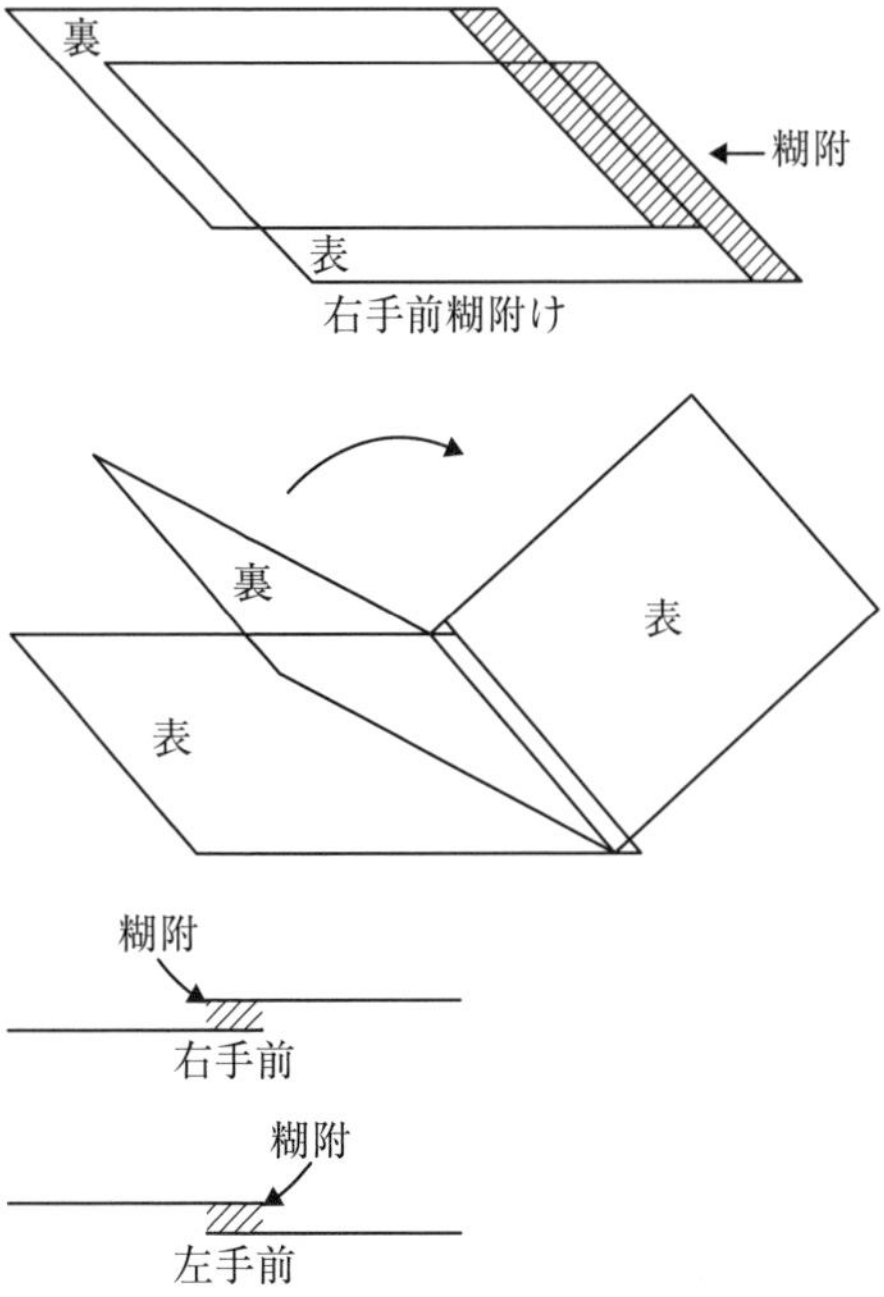

裏
表
糊附
右手前糊附け
裏
表
表
糊附
右手前
糊附
左手前

図1　巻子本の紙継法

は中書本や清書本の右手前である。

③左・右手前

紙を継ぐ時、左右に置いた紙どちらか片方の端だけで糊附けするだけでは、右も左も不規則になる。正倉院文書中の『手実帖』は文書整理のために、右端に軸を置き、軸に紙を貼り継いで行った。その際、二枚を重ねて展開するのではなく、継なげる紙か、継なげる本体かの片端だけに糊附けして継いで行くと、左右の手前が不規則になりやすい。時間を置いて一枚ずつ紙を継いでいく継ぎ方である。

しかし、近世以降の修理で、新たに軸を附けた際に、継目を右手前に直してしまうことが多くある。紙継目の視点から、国宝『明月記』を見ていくと、定家が届いた書状の裏（紙背文書）を用いて毎日書いた日記であると従来は言われてきた。書状や紙を毎日継いで書いた場合、左手前か左右バラバラの継目になっているはずである。だが、紙継目は一箇所も左手前はなく、全巻右手前である。この現象は、晩年に保存していた書状等の文書の裏白を利用して、毎日書いていた日記を親本にして、清書（中書）した証拠である。

裏書

冊子と違い、巻子では裏に書くこともできる。それを裏書という。本文の続きや注釈・補足記事の裏書は、行の上下に関係なく注釈を施す文字や該当する箇所の真裏に書く。その箇所に書けない場合は、他の空間に本文の該当文字を示してから書く。

書く範囲が決まっている具注暦を用いた日記の場合、本文の続きを書く時は日附の真裏から書き始める。その箇所に他日の記事がすでに書き込まれている時には、他の空欄に日附から書き始める。この原則は『御堂関白記』に明確に現れている。

定家の生涯で具注暦に書き込んだ日記もあったかもしれないが、『明月記』の基本は白紙を継いだ続紙で軸がない巻子に、書かれていたと想定する。辻彦三郎氏が検証されたように、治承四年五年記の第一巻（天理図書館蔵）に修正補修が大幅になされているのは、後年の出家後に清書（中書）する際、具注暦に書き込まれていなかったために日附等があいまいになっており、右筆らに原本を書写させてから、定家が校訂した結果である。

四　筆跡

『明月記』は毎日書く日記であるということから、定家何歳の筆跡かを判断する基準に用いられてきた。ところが、辻彦三郎氏らの研究により、清書本（中書本）であることが明らかになった。あわせて、定家に右筆がいて書写にたずさわっていたことも紹介する。

原本の日記を書写する際、どんな書写方法で行われたのであろうか。紙背文書中に大変貴重な史料がある。

書写の基本

古代中世における書写の姿勢は、奈良時代の写字生の様に原本通りに写すのが基本である。意味が分からなくても、文字（筆跡）の通りに写していた。時代が下がるに従い原本通りに写す姿勢が変化し、とくに江戸時代に入ると書写をする人たちの教養が深まり、本文を読み、解釈をしながら書写することが多くなってくる。読みながら写すと、どうしてもその時代の解釈が入ってしまい、しばしば異なった写本系統（異本）を生むことになる。

試し書き（筆馴らし）

裏打紙に不思議な文書がある。『建暦元年十二月記』十五紙目（建暦元年十二月四・五日条）である。裏打紙とは本紙の裏に糊附して補強する紙をいう。江戸時代の修理は裏打紙一、二枚を、本紙に糊附する。本紙と直接接触する紙を肌裏紙とよぶ。『明月記』は江戸時代前期に一枚の本紙を二枚に剥がし（間批（あいへ）ぎ）、貴重な文書は掛幅にして鑑賞していた。剥がしてみたが失敗したものなどは、また裏打紙として用いた。十五紙目の裏打紙の全文を行数通りに示すと（冷泉家時雨亭叢書別巻一『明月記紙背文書』四九頁）、

わゝしことあり、そうにく
おほゆ、とひこと
せ経し
とん

図２　『明月記』28紙背裏打紙（冷泉家時雨亭文庫蔵）

又ほかのかうしよはせし
　　たからすの
日まれてうら丶かな
　　　　り

とある。何の意味も通じない文章である。実は、十五紙目と十六紙目本文の一部である建暦元年十二月四・五日条の抜書である。同じく行数通りにすると、

四日、
むま時はかり、四条とのへまいる、
みちよりあめふる、にうたうなと、
しやう〳〵せむへきよし、さたあり
けなり、こもりそうとねうはうと、
わ丶しことあり、そうにくきといふ
とも、女はうき丶とかめ、いさかはし
はやとおほゆ、とひことしなとして、
おそろしけなり、又せ経しとん、
しんこんしにほとけくやうせさ

せし、又ほかのかうしよはせしと、
しかりあいたり、あなきゝたからすの
こととも や、なとかゝることをきくらん、
あないまくし、
五日
日まれくうらゝかなり（以下略）

とある。裏打紙の文章は四角に囲った部分を抜書したことが判明する。本文と比較してみると、本文の「せ経しとん」の「とん」を観察すると、抜書の「とん」が始めに書かれている。ところが、その上に「とん」が強調された文字が重ね書きされている。それは、抜書の通りに書写したが、あまりにも似せて書いたため文字が「とへ」だか「とん」だか曖昧になり、字形をなぞって明確にした。この書写の態度は、原本の筆跡を忠実に写そうとしたもので、書写まえの試し書き（筆馴らし）である。また「日まれて」とするが、日記では「日まれく」とする。日記は意味を取って書いたと想われる。

この試し書きは、定家が書いた日記原本を清書（中書）する際、筆跡を似せようとして試しに親本（書写者側から見ると、写本のもとになるものを「親本」とよぶ）の本文をアトランダムに抜書し、筆運等を似せるために試書をしたのが、この裏打紙である。仮名部分を試し書きしたのは、漢字の定家様を真似するより数段難しかったからであろう。

このような試し書きがあることからも『明月記』が清書本であることは明らかであるが、筆者は、本

格的な清書本と言うよりも、このあと部類記を作るための、清書前段階の荒い清書本である中書と想定する。

中書本

『明月記』全体を検討すると、年齢による筆跡の変化が見られない。さらに筆跡がバラバラである。とくに、建永二年（一二〇七）春記・夏記・秋記・冬記の四巻はほとんど定家様で書かれていない。紙質も新しく感じられ、綺麗である。しかし、中世史家による筆跡の比較や紙の調査により、紙質も筆跡等も他巻とあまり離れない、定家の時代で間違いない、との結論がだされている。

今後は、中書本によるものであるとの認識のもとに、筆跡論を再構築してみる必要がある。それも、冷泉家に襲蔵されていた『明月記』の影印本（冷泉家時雨亭叢書）の公刊により、全巻の比較ができるようになった。多数の人の筆により書写されていることが認識されるであろう。その中には、右筆と言う書写する人がいた。

右筆

源氏物語は書く量の多さから、自筆本と称する本でも他者と共同で書写をするのが一般的である。定家は六十四歳のとき小女らとともに源氏物語全巻を書写したことを『明月記』嘉禄元年（元仁二年〈一二二五〉）二月十六日条に、

自去年十一月、以家中小女等、令書源氏物語五十四帖、昨日表紙訖、今日書外題、年来依懈怠、家中無此物建久之比、被盗失了、無証本之間、尋求所々、雖見合諸本、猶狼藉、未散不審、雖狂言綺語、鴻才之所作、仰之弥高、鑽之弥堅、以短慮寧弁之哉、

と記す。定家本は、定家が源氏物語の写本を作製し表紙に青色料紙を用いたところから、「青表紙本」という呼称によって系統づけられている。文明十三年（一四八一）に飛鳥井雅康が山内の守護大名大内雅弘のために定家本から書写をした大島政太郎旧蔵本『大島本源氏物語』（重要文化財、古代学協会蔵）が現在多くの場合翻刻する底本になっている。太田晶二郎氏は前田育徳会尊経閣文庫蔵の定家自筆青表紙本『花ちるさと』『かしハ木』（重要文化財）の覆製本解説で、定家自筆と他筆の比率をパーセントで示され、小女や右筆等を用いて製作した定家の書写姿勢を示している。

主人の代わりに書く役目の人を右筆とか祐筆といって、他筆とする。ただし、治承四年（一一八〇）七月二十五日条に、

今朝、共令渡七条坊門給、同時罹病、又赤痢病、更以不足言、無減渉旬月、毎時不能右筆、

とあり、「右筆」を自筆の意味でもちいている。定家の時代には他筆と自筆の相反する意味も含んでいた。自筆の例に、国宝・定家自筆本『古今和歌集』（冷泉家時雨亭文庫蔵）奥書に「于時頽齢六十五寧堪右筆哉」とあり、この「いづくんぞ右筆に堪へむや」は、自筆では堪えないとの意味である。定家の右筆に能直がいた。

右筆能直

当時定家の筆跡に良く似た人々がいた。似たというより、定家監督下における写本作製者である。その中で、唯一判明するのが家令の遠江介能直である。能直に就いては、日記『明月記』建暦二年（一二一二）九月二十八日条に、

年来青侍遠江介能直去年為家令、去七月廿日比、依痢病気、申仮退出、八月十三日出家、十六日死去之由、下人告之、今年七十六云々、雖不異鳥跡、如形書真名、適書写文書、及数百巻、雖卑賤老翁、思此恩足悲泣、

と、同年八月十六日に七十六歳で亡くなった記事がみえる。能直は定家の鳥跡（筆跡）と同じ書風で書写した文書が数百巻にも及んだという。定家は書写に対して、「卑賤の老翁といえども、この恩を思うに悲泣にたる」と、感謝の情を示している。能直は年来の定家の青侍で「去年に家令となす」と、家令に任命されている。

家令とは親王・公卿の家に置かれる家政機関（政所）の職員で、家務を総括する。律令制度の規定で三位以上に叙せられると家令を持つことができた。定家は五十歳の建暦元年（一二一一）九月七日に宿願がやっとかない、従三位に叙せられた。政所始の儀は『明月記』同年十月二日条に、

家故所始、以兼宣・長邦等朝臣、為家司、以能直前遠江介、為令、令成吉書但不出客亭、只於簾中見之、其後成返抄、家司以下聊居酒肴云々、

と記述する。従三位は律令法の家令職員令によると「家令一人、書吏二人」とある。令の規定通り、定

家は前遠江介である能直を家令に任命した。

能直の書写活動の一つ『明月記』建暦二年六月二十九日条に、

今日自四条旧院、来月十五日結縁経料貝、送之（女房沙汰）、貝可書経云々、結縁経捧物無間断、可書経由、云付能直了、

と書き留めている。定家は四条旧院供養のために結縁経の書写を能直に命じた。『明月記』で能直が家令として右筆を担当した記事はこの日条しかないが、能直の書写活動の一端が判明する。現在のところ能直筆と確認できる遺品はない。しかし、古筆家の鑑定台帳であった『大手鑑』（国宝、京都国立博物館保管）中に、定家筆の聖教の古筆切「経切」がある。また同家の手鑑であった『見ぬ世の友』（国宝、出光美術館蔵）中の「伝藤原定家筆、成就切」について、是澤恭三氏は『出光美術館選書』解説で「薬師瑠璃光如来本願功徳経」断簡と断定し、

もとは巻子本。料紙は斐紙。銀泥で界ひき、経文中に朱点が加えられているが、細太のいりまじった行書的な筆意があり、点画には定家風の特色がよくにじみでている。しかし、定家の筆跡とは云うが、なお後考を要しよう。

と述べている。定家筆の聖教古筆切中に、能直の執筆になるものも現存しているに相違ない。定家の周辺には、能直をはじめ家中の小女等もいて、定家監督のもとに典籍の書写活動を盛んに行っていた。

定家の眼を通して『土左日記』をはじめとする奈良時代・平安時代の文学書・故実書・日記類等、多数の分野の書物の写本が大量に作製された。藤原定家は、古代から中世の文化を継承した偉人であった。

『明月記』は、時代の相違する三段階の書写があったという説もあるが、全体を概観する限りでは、現在の『明月記』は、出家後に一度に中書が行われたことがわかる。中書は部類記を作る前段階の行為である。部類記編修の観点からの『明月記』を次に論じる。

五　部類記編修

日記の最終目的は、前に引用した藤原師輔の『九条殿遺誡』に説くように、先例故実の規範となる部類記作製が最終目的である。日記本体をそのままにして、年中行事にまとめた目録を作成し、常に儀式の先例を閲覧できるようにしている『小右記小記目録』（藤原実資の日記『小右記』）の例もある。

別記

後年に部類するのではなく、行事等にあたった記録を別に記しておく「別記」がある。前述の『熊野御幸記』一巻がそれである。後鳥羽院は生涯二十八回熊野参詣をした。熊野参詣の折々に院をはじめとしてお供の人たちが詠んだ歌が『熊野懐紙』として遺されている。この『御幸記』は、建仁元年（一二〇一）十月五日から二十六日にわたる院の近臣として随伴したときの日記で、後年『明月記』と共に中書したものである。定家は『熊野御幸記』の表紙に「熊野道之間、愚記略之」と、「愚記」すなわち『明月記』には略すと書き記したように、別記として捉えていた。『明月記』を検証すると、今は『建仁元年四月十月十一月同二年正月記』に略した前後の記事が収納されて一巻となっているが、「建仁元年十月廿七日」と冒頭に書かれ、もと独立した一巻であったことが判る。『御幸記』は明確に区別されている。『御幸記』と同種に『建久九年十二月臨時祭記』一巻もある。

この「別記」をあらゆる行事・儀式の項目全体を編修したものが「部類記」と言える。

部類記の編修

日記を編修している過程が書かれている例に、中御門右大臣藤原宗忠の日記『中右記』がある。同記、寛治五年（一〇九一）十二月二十九日条の最後の行から別行にして、

> 此巻年少之間、依注付、旧暦中、甚以狼藉也、依令少将、但寛治三年自清書也、本暦記破却了、皆見合也、

とある。暦記とあるので、宗忠が具注暦中に書き込んだ日記で、自ら清書した後は破却したとある。「この巻年少の間、注付に依る、旧暦中、はなはだもって狼藉なり、」とあり、年少のための本文が混乱していたとあるのは、『明月記』の最初の巻である『治承四年五年記』の日附の訂正と同じ情景である。さらに『中右記』保安元年（一一二〇）六月十七日条に、

> 今日私暦記部類了、従寛治元年至此五月、卅四年間暦記也、合十五帙百六十巻也、従去々年至今日、分侍男共、且令書写、且令切続、終其功也、是只四位少将宗、若遂奉公之志者、為令勤公事所抄出也、為他人定表嗚呼歟、為我家何不備忽忘哉、仍強盡老骨所部類也、全不可披露、凡不可外見、努

力々々、若諸子之中居朝官時、可借見少将也、

廿五日甲午、新抄百六十巻目録自筆書写了、

と、この日に宗忠は自分の日記三十四年間分百六十巻の部類記を完成させた。二年がかりで各人に分けて書写させ、切継等を行った。その目的は、公事に役立てるための編纂であり、我家のために備えるためであって、他見を許さないとある。さらに利用するための目録を作っている。部類記編纂過程は、『明月記』の中書と同じ状況であった。

同記の保延四年（一一三九）二月二十九日条に、

廿九日、請入道聖人受戒、世事従今心長断、不日記也。

とあり、宗忠は保延七年（一一四二）四月二十日に薨去する三年前に自らの出家とともに日記を書くことをやめた。また、平安時代後期の学者で有職故実書『江家次第』の著者大江匡房が七十一歳で薨去する日の『中右記』天永二年（一一一一）十一月五日条によると、

或人云、申時許出家、次焼老後之間日記、了入夜薨云々、

とある。匡房の日記『江記』の老後の日記を自ら焼いたとあるのは、公事に関わらなくなり、部類記を作る必要がなくなったことを象徴している。

『明月記』も、その最終目的は有職故実書を作るためである。しかし、何らかの事情で部類をする準備段階ともいえる過程で遺された。冷泉家には重要文化財『朝儀次第書』（冷泉家時雨亭叢書第五十二〜五十五巻所収）があり、ほとんどが折本や綴葉装等の冊子本で、為久が享保八年（一七二三）から翌年にか

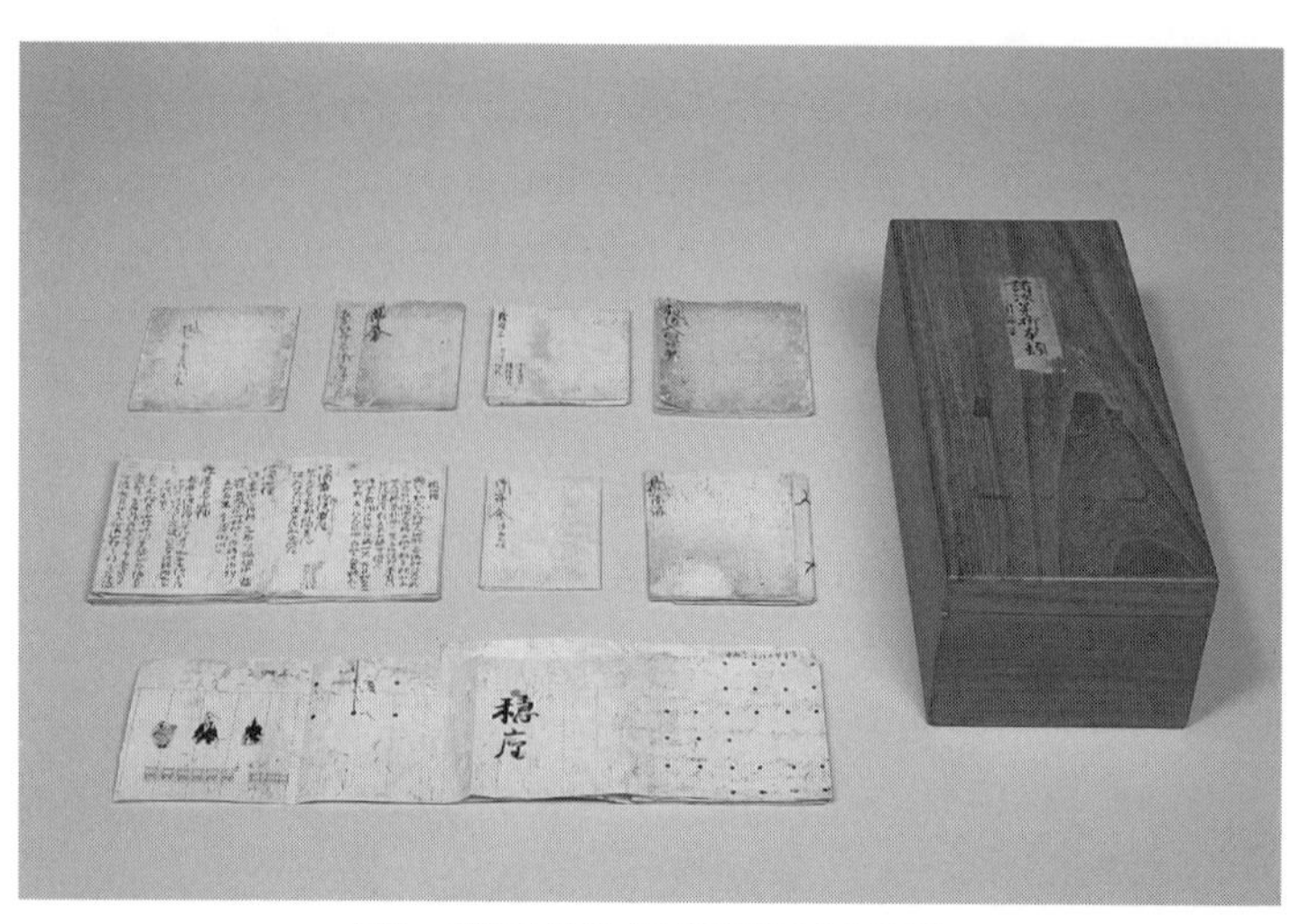

図３　朝儀次第書（冷泉家時雨亭文庫蔵）

けて修理を施して桐箱に収めた有職故実書である。半分以上が定家本である。この冊子本を定家や子孫たちが懐に入れて儀式に臨んだことが手ずれ痕などから感じられる。この冊子本を作るために家の日記『明月記』や『西宮記』『北山抄』『江家次第』をはじめとする儀式書や古記録類から朝儀の記事を書き抜きして、次第書を作成したのが本書である。本件中に束帯人形を用いて予行練習をしている式場図まである。

後白河法皇崩御記

『建久三年三月四月五月記』一巻は、後白河法皇が建久三年（一一九二）三月十三日に崩御した『崩御記』になっている。その過程は、原本そのままに書写をした後、朱書で削除・訂正を施している。例えば、三月十三日条に、

参五条殿、早朝入道殿令参院御、近衛殿参入給

云々、法皇御臨終之儀、更無違乱、

とあるのを、父の俊成を指す「五条殿」の「殿」と「早朝」から「入給云々」までを朱線で抹消し、脇に「命云」と朱書する。文章は、

参五条、命云法皇御臨終之儀、更無違乱、

となる。本巻にある「五条殿」の「殿」の文字全部を消している。四月七日条は朱線で囲んで日全体を抹消、八日条は後半部を、九日条は一行等を朱線で抹消して、全体に定家の校訂が入り、この巻を『崩御記』にした。

切継

原本を書写した後で、定家にとって相応しくない該当箇所を切って削除したり、本紙を切って文書を挿入したりする、切継の箇所は多く存在する。日記と違う文書が入っている両側の紙幅を測って合計すると、ほぼ一紙幅の四五センチ前後になる。本文を書いてから、親本に挿入していた文書や模写をした文書、さらに別置していた文書を切継したのである。削除した痕跡はあっても、その箇所に本文があったことを証明することは非常に難しい。

削除したことを証明する例がある。それは『延慶両卿訴陳状』に引用する『明月記』の文である。

この訴陳状は、勅撰集『玉葉和歌集』の撰者を争った二条為世（一二五〇～一三三八）と京極為兼（一二五四～一三三二）とが延慶年間に行われた三問三答の訴訟文書を繰り返した時の文書である。二条為世

の第三度訴状に「定家卿元久元年七月廿二日記云」として引用する。その全文は、

可遣召左大弁之由有仰、参尊勝寺云云、遣召令侍御、良久参入、依召参上、殿下伝仰云、勅撰序事可奉、又名字如当時者、続古今内々儀也、如何、可定申云云、続字、多其次撰時名也、今隔六代集更続字、若無理歟、新撰古今宜歟由申之、上御評定、新撰古今集有之、新撰ハ古今歌ヲ撰ル集也、今新撰古今といは丶、偏似彼集歟、又四字頗長歟、事未被仰切入御之後、殿下仰云、新撰、件集頗不吉之物也、仍不可然歟、予又申此由、

とあり、定家が『新古今和歌集』の書名について、議論があったことを伝える『明月記』の文章である。「新撰古今和歌集」とする意見に、「新撰」の字が相応しくないことを記した日記の引用である。引用する一六六文字は『明月記』にないことが知られ、為世の偽作や為兼の削除説などの論議をよんでいる箇所である。元久元年（一二〇四）七月二十二日条の本文は、

廿二日　天晴、昏大雨小雷、
今日撰哥可被部類始、可参和哥所由、一昨日
有催、仍参入、山僧訴又発、　殿下令早参云々」（七紙目）
酉時許殿御共退出、帰廬日入、

とある。原本を見ても引用文はどこにもない。二十二日条の本文は七紙目と八紙目にわたっている。七紙目最後の行の「発」の左側端に僅かながら筆運の墨附点が見える。そうなると、七紙目と八紙目は切除されていることになる。横幅は七紙目五・八センチ、八紙目三三・〇センチである。前の六紙目が四

五・〇センチ、後の九紙目が四六・四センチである。一紙幅が平均約四五センチと仮定して、七紙目左端を約三九センチ、八紙目右端を一二センチ、合計五一センチを切除したことになる。一紙がおおよそ一行一七字二三行書のところからすると、一行約二センチ幅になる。切除五一センチを二センチで割ると、〇・五は切り捨てて約二五行になり、全体に約四二五字が削除されたことになる。為世が引用する前文に「定家卿難申云云」とあり、引用文以外にもあることを示している。削除した箇所は京極為兼が切り取ったとの説もあるが、削除した痕跡から定家の削除以前に抜書されていた記録を為世が引用したと想定する。次の承久年間記削除で述べるが、定家自身によって『明月記』からの抜書は多く行われていた。とくに歌道に関して定家が抜書したものを鎌倉幕府に送り、史書の『吾妻鑑』編纂の材料になっていたことを、益田宗氏は「吾妻鏡の本文批判のための覚書――吾妻鏡と明月記との関係――」（『東京大学史料編纂所所報』第六号）で論述している。

承久の乱と削除

『明月記』全巻を見渡すと、承久年間前後のものは削除と言うより消滅している。承久年間は、別記に収録された承久元年正月一日・七日・八日・閏二月二日・二十三日条と、表紙の「承久元年夏」と直書した一紙を残すだけである。ところが、菅原為長が定家に摂政直廬初度除目について、承久（三年十二月十二日か）に勤仕した例を尋ねた嘉禎元年（一二三五）五月二十七日条の日記を示すと、

午時許管相公枉驚、驚扶相謁、直廬初除目、承久勤仕事被問之、蒙昧忘却、見注付物可申由答之、

去三月以後予不音信、今日又有存旨不問他事言談、彼日愚記書出即送之、於殿下門前令入車云云、

とあり、愚記すなわち『明月記』の承久年間の関連記事を抜き出して送っている。承久年間の記録もあった。

承久の乱は、後鳥羽上皇が諸国の兵を集めて承久三年（一二二一）五月十四日に鎌倉幕府打倒を起こした事件である。しかし、上皇方は幕府軍に敗れて大敗した。後鳥羽上皇は隠岐、順徳上皇は佐渡に配流され、土御門上皇は自ら望んで土佐へ配流された。上皇方に参加した貴族や武士は処罰された。貴族たちを見ると、参議一条信儀、前権中納言葉室光親、前権中納言藤原宗行、宰相中将高倉範茂などが斬首された。このような事態を定家はどのように思っていたか。日記に対して、『明月記』安貞元年（一二二七）八月十二日条に、

十二日、　朝天間晴、昼後猶陰、
法眼過談之次伝々説、尊長法印暦書日記存外事歟、件暦已在関東、有好人々如明鏡云々、大炊助入道武士預了、又遠江酔郷、留関東了、適京中之冥加歟、高麗重送牒之由有巷説云々、若又持向于関東歟、

とあり、乱後の幕府の追及が厳しく、院近臣二位法印尊長の日記が幕府に押収されたために、彼と親交のあった人々が恐慌をきたしたということであった。事件に関係する記事を定家も憂慮していた。

このような状況下の中で、現在伝えられている建保二年（一二一四）から元仁元年（一二二四）については、自筆本がまったく知られていないばかりか、慶長本などの写本類にもこの時期の記事はない。また、抄出を含むと判断される記録類には記事はあるが、原本はなく、いずれも部類記で、後世の写

本である。それは、乱後に関係した建保・承久・貞応・元久年間の日記を廃棄するに当たり、有職故実だけを部類して遺したか、前にすでに抜書していたのが流布したかのいずれかと思われる。

伝えられた史料を挙げると、

宮内庁書陵部蔵『明月記別記』　柳原紀光・均光等写（架号、柳―一一四七〔三〕）。紀光（一七四六―一八〇〇）均光（一七七二―一八一二）親子による。貴族社会を中心とした歴史編年書『続史愚抄』八十一冊に用いられた史料である。

宮内庁書陵部蔵『伏見宮御記録　仙洞御移徙部類記』（架号、伏五四六）。伏見宮家旧蔵。江戸時代中期写本。

国立公文書館蔵『為政録』　正親町実胤写（架号、特四―二〔三・十〕）。奥書に「為政録十巻藤家実胤卿／之記也、雖秘蔵之本、依／或人懇望、雖固辞、令書／写遣之者也、／延宝第八仲夏　参議藤原公通」とある。正親町実胤（一四九〇～一五六六）が編修した有職書『為政録』を、子孫の公通（一六五三～七三三）が延宝八年（一六八〇）書写本。

国立公文書館蔵『小朝拝部類記』（架号、一四五―二〇二）。俊将（一六九九～一七四九）写本。

国立公文書館蔵『小朝拝部類記』　太政官正院歴史課・修史局・修史館・内閣臨時修史局旧蔵（架号、一四五―一四三）。

前田育徳会尊経閣文庫蔵『明月記　建久九年建保六年等　記』（架号、記録第四二号）。『**明月記　建保三年記**二月至十一月』（架号、記録第四三号）。『**明月記　建保三年八月記**』（架号、記録第四四号）。書状の紙背を用いた横帖、室町時代末期写本。

京都大学付属図書館蔵『一条兼良抄出明月記　歌道之事』（架号、中院Ⅳ一六五）。中院通勝（一五五六～一六一〇）写本。

である。

この現象と同じ事が、『拾遺愚草』にも現れている。

『拾遺愚草』の削除

定家が出家後に自分の今まで詠んだ歌を集大成した、自撰の『拾遺愚草』三帖（国宝、冷泉家時雨亭文庫蔵）がある。下帖一〇九丁と一〇〇丁の間に四丁と一〇〇丁表面全体の部分が剥が（間批ぎ）されている。その歌は、「承久二年八月、新院よりしのひてめされし」二首、「承久二年二月十三日、内裏に歌講せらるへきよし」二首、「同年九月十三夜、前大僧正の御もとにたてまつる」歌二〇首の計二四首が、丁表裏を数えると九面の部分が切除されている。本帖は切除されても紙を重ねて半分に折った箇所を糸で綴じる綴葉装（いまの糸綴ノートのようなもの）により、綴から完全に切ると対応する丁が外れてしまうため、綴から少し離れた箇所で切除する。一部残った箇所に文字の半分ぐらい墨痕が認められるため、切られた丁には文字が書かれていたことがわかる。とくに二四首中、二月十三日に詠んだ歌、

野外柳

みちのへの野原の柳下もえぬ　あはれなげきのけふりくらへに

がもとで、理由は定かではないが後鳥羽院の勅勘にあい謹慎させられた。それは、院が志意的に乱から定家を除外したためである。この勅勘中に承久の乱が起こり、定家は鎌倉幕府の糾弾を逃れることができたのである。定家は将軍源実朝の歌の師であり、子息為家の妻は幕府の有力御家人宇都宮頼綱の娘であったためである。

『明月記』は『吾妻鑑』編纂の史料となっていたこともあり、幕府に知られた重要な記録であった。幕府と緊密であればあるほど、建保・承久年間の記録を遺すのは危険であったため、子孫へ災いを招くことのないように、『拾遺愚草』とともに建保二年から承久年間の大部分を抹殺した。なお、乱に関係のない部類記は遺されている（第五章詳述）。

近年でも、永井荷風日記『断腸亭日乗』昭和十六年六月十五日条に、

世は万々一の場合を憂慮し、一夜深更に起きて日誌中不平憤惻の文字を切去りたり。又外出の際には日誌を下駄箱の中にかくしたり。

と記し、戦時下における状況で、定家と同じく自らの日記を切り去っている事例もある。

現存日記以降のこと

現在のところ『明月記』の現物は、定家七十二歳で出家した天福元年（一二三三）十二月記が最後である。慶長十九年（一六一四）に書写したものには、二年後の嘉禎元年（一二三五）十二月までが写本として遺されている。さらに『文永十年七月廿四日融覚（藤原為家）譲状』と『応長二年三月十一日附藤原為相譲

状』には『明月記』の遺された年代を「自治承至于仁治」と書いている。嘉禎二年からなくなる仁治二年（一二四一）八月二十日までの記事があったことになる。

嘉禎元年までは、定家一人のみの勅撰集撰者による『新勅撰和歌集』の撰進もあり、中書して遺していたと想われる。また、慶長十九年の徳川家康の写本製作までは現物が遺されていたことが写本で判明し、享保七年（一七二二）からの為久の修理にはなかったので、この間に文暦元年（一二三四）・嘉禎元年の現物は散逸した可能性が高い。

しかし、「仁治」と譲状にあり、元年か二年か不明であるが、嘉禎二年以降の『明月記』をどう考えたらよいのであろうか。

それは、清書されていない生々しいものであったこともあり、編修していないものを破棄する貴族日記の性格もあり、子孫が消滅させたと思われる。

六　紙背文書

紙は一枚たりとも無駄にされず、受け取った書状類の文書は用済みになっても大切に保存されていた。この文書の裏白を利用して、書籍や日記等を書写している。書写した側から見ると、本文の裏側にある文書類のため、本来の（表に書かれていた）文書を「紙背文書」とよんでいる。現在、巻子・冊子の書写にはいらなくなった文書の裏を用いている、という考え方が浸透している。しかし、湯山賢一氏は早くから本文と紙背の間には相関関係があることを提唱されている。筆者の中世までの紙背文書の調査でも、紙背文書には書かれている本文の内容を相互に補完するという関係が深くかかわっていることを、『明月記』の紙背で明らかにする。それまで保存していた書状類を用いて書写する時、そこには書写する主体の選択行為が働くのである。

巻子装の紙背

重要文化財『寛性親王御消息翻摺法華経』（本禅寺蔵）、『尊性法親王消息飜摺法華経』（南真経寺・北真経寺蔵）、『消息料紙墨書法華経』（法園寺蔵）などは生前の書状の裏に『法華経』の摺りや書写をしたものであり、紙背が遺されている。この経典は、故人の筆跡を保存し供養するために、縁者が集めて、その裏に教典を書写して供養が行われた。

日記では、伏見宮貞成親王（一三七二～一四五六）が連歌懐紙を残すために、懐紙の裏を利用して日記を清書した。それは、親王の日記『看聞御記』応永二十三年（一四一六）記の奥書に、

宮中雑事御仏事等、委細記録、後見尤有憚、雖然後日自然為不審巨細記之、万歳以後、須投火中、月次連歌懐紙散在不可然之間、態与飜懐紙書之、且後日為一覧也、百韻守次第続之、更不可有混乱、

と記されている。巻頭に今年より日記を始めると記す。応永年間の記事は永享の初年頃に、親王自ら清書したものである。連歌懐紙の散逸をおそれて清書に懐紙を用いたことが知られる。同日記の目的も『九条殿遺誡』と同じ、宮中公事を記載して後日の不審に備える趣旨が述べられている。また、役目が

終わったら火中に投げ入れるべしとまで言っている。これまで述べてきた貴族日記の趣旨を見事なまでに主張している。連歌懐紙を用いたのは、後日の「一覧の為」と、日記の紙背に利用すれば、後々まで残ることを明記する。

清書に懐紙を用いることと清書を終えた日記原本を火中に投じることを記している。同じような奥書は、『看聞御記』応永二十五年記一巻の巻末にも、

宮中雑事、世間巷説、後見有憚、努々不可有他見者也、飜懐紙、為後見不乱次第、続之、

とある。

冊子本の紙背文書

文書の裏白を冊子本に用いる形は、裏白を表にして半折した袋装である。平安時代から多数の遺品が伝存している。紙の増産や版本の発達により、室町時代頃から、裏白の料紙（白紙）が多く用いられる。紙背文書を使う場合、古代中世において、文書を用いた冊子本でも相関関係があることを、近時、木村純子氏は『大乗院寺社雑事記』（重要文化財、国立公文書館蔵）を用いて検証された。『雑事記』は興福寺大乗院門跡の尋尊が書写した日記である。この紙背は宿曜師である幸徳井家の文書を多く用いている。幸徳井家の文書群は尋尊の攘災をする当年星祈祷関係であり、尋尊が内容によって本文と補完関係がある文書を選別したことを立証した。

『雑事記』は袋装である。巻子本は裏打ちをしない限り紙背文書を参照できるが、冊子本の袋装は綴

じられた中の文書を見ることができない。この矛盾をとく鍵は本文共紙表紙にあると筆者は考えている。現在の『雑事記』の表紙は硬い渋引きで線装綴になっている。もとの表紙は、本文と同じ（本文共紙）表紙で紙縒を用いた四つ穴の二箇所で結んだ大和綴になっている。本文共紙表紙は、表紙の役目である本文の保護の役割が薄く、仮綴である。いつでも紐を解き、中を参照できる状態にある。だからこそ尋尊は自分にもたらされる多数の文書中から、幸徳井関係文書を特に選んで日記に用いた。選択には尋尊の意思が反映している。『明月記』においてもその傾向が見られる。

『明月記』の紙背

『明月記』のほとんどには紙背文書がある。冷泉家本では五百点以上を数える。定家も、西行書状・子息為家書状や九条家に家司となっていた文書をはじめとする古くから多くのものを大切に保存していた。

例えば、「『明月記』嘉禄三年春記紙背の研究」（『明月記研究』二号所収）を発表した高橋典幸氏は、覚寛書状の比率の高さに注目して

たしかに『明月記』本文中からも嘉禄二年に多くの覚寛書状が定家のもとに到来していることは窺えるが、同書では覚寛以上に書状到来が伝えられている平経高の書状が本紙紙背文書群中には（今のところ）一点も確認されないのとは好対照をなしている。

と、見解を述べ注記で「ちなみに嘉禄二年の『明月記』本文から判明する書状数は覚寛が八通、経高が

一三通である。」とする。本巻の紙背は四十通のうち、覚寛が十一通で一番多く、次に子息の為家書状の四通である。

紙背に経高書状がなく、本文以上に覚寛書状が多いのは、定家が『明月記』の中書に当たり、定家自ら長年蓄積していた文書類の中から書写に用いる料紙を選択したことが、明確に表現されている。

『明月記』は、一部に書き入れている記事の見出しの「事書」を全巻に亘って行う計画があったと想われる。事書を抜き出して『小右記小記目録』のように部類した目録を作成し、目録にしたがって本文を抜書して部類記を完成する予定であったと想定する。そうなると、事項に従って本日記を項目ごとに切った断簡を編修することはなく、日記は残る。

間批（あいへ）ぎ文書

『明月記』の紙背文書には間批ぎされた文書が多く伝存する。「間批ぎ」とは、「相批ぐ」「相剥ぐ」とも書き、「批」とは薄く削り取るとか、剥がすの意味である。一枚の紙の間を竹べラ等で剥いでいくと、表裏二枚に剥ぐことができる。例えば、批板は薄く削った板で曲物に使われている。

詳しくは後述（第六章）するが、寛永四年（一六二八）から五年にかけて紙背文書を間批ぎして紙背を単独の文書としている。

現在、最古の紙背文書と明確に判明するのは、陽明文庫に所蔵する『坊門局消息』一幅である。紙背には間批ぎされた墨跡が見え、両端の紙継ぎ目に押された「重政」印が読み取れ、『明月記』を間批ぎしたことが判明する。どの巻の紙背文書かは不明であるが、定家晩年の筆で「寿永二年」と年号が直書されている。この年、定家は二十二歳であった。五十年以上を経過して日記の料紙に用いているのである。

有名な文書に、三の丸尚蔵館蔵『西行消息』一幅がある。この消息も右端に「重政」印を擦消した痕跡が認められる。西行は建久元年（一一九〇）に没するため、定家二十九歳までに受け取った消息になる。また、『冷泉家古文書』（冷泉家時雨亭叢書第五十一巻所収、重要文化財、冷泉家時雨亭文庫蔵）にも、『建仁二年七月二日附後鳥羽上皇院宣』一幅をはじめとして何点かの間批ぎ文書が含まれている。『建暦元年十一月十二月記』五紙目紙背は、同年九月八日に定家が従三位に叙せられた折の関係文書である。この文書が象徴するように、晩年の定家が『明月記』を編修するために、十八・十九歳から年次に分けて長年蓄積した文書群（この中には、俊成・定家の書状・手控も多く含んでいる）を前に、目をぬぐいながら関係文書を選択している姿が浮かび上がって来る。

七　装訂

現在の『明月記』は巻子装で、享保七年（一七二二）以後に冷泉為久（一六八六〜一七四一）が修理したときの装訂である。定家以来、為久に至るまでどの様な装訂がなされてきたのかを、追って行く。

巻子装から折本装

紙継目にわたって、天地の墨界線や文字が紙継目に書かれていることから、紙を糊附けして巻子装にしたてて から書写した。

筆者は巻子装の基本形を、表紙を附ける場合もあるが、紙を継いだだけの巻子装（巻物）である、と考えている。巻頭からも巻末からも見られる姿であった。より活用する場合は折本装にした。活用がなくなり、保存する時には軸も附けられ表紙も整えられる。

『明月記』も、この歴史を踏襲している。表紙の変遷を通して、（一）当初の姿（二）折返表紙（三）包表紙折本装にわけて概観する。

（一）当初の姿──『建久三年三月四月五月記』

この巻全体が「後白河法皇崩御記」ともいうべきもので、現在遺されている表紙は当初の表紙である。現在は原表紙が第一紙目で、外題が外側になるため平成の修理により表裏が反対に代えられた。原表紙は八双の折線が左端に見え、中央には八双に附ける紐穴と紐で巻いたときの擦れ痕が中央横線状に見える。巻末には軸痕がなく、巻いていたときの汚れが左端に薄黒く検証できる。軸がなく、表紙に八双が附き紐で巻かれていた本来の巻子装であった。

（二）折返表紙──『建仁二年秋記』（第三章参照）

折返表紙とは、紙を継いだ続紙の一紙目の前三分一ほどを折返し、折返した外面に外題を書いて本文と表紙を一体化した装訂である。例示した『建仁二年秋記』一紙目（図4）を検証する。

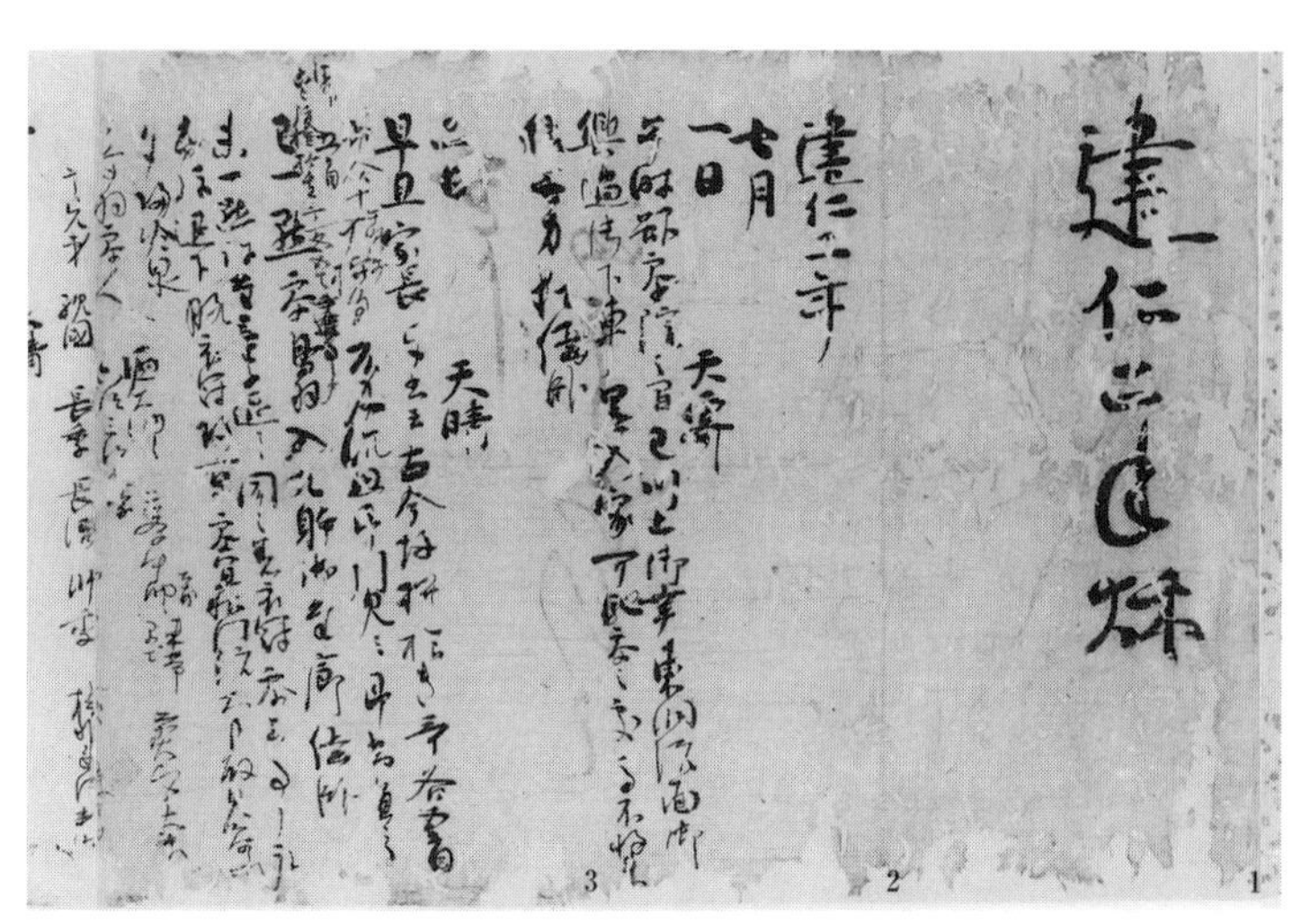

図4　『明月記』8（冷泉家時雨亭文庫蔵）

①一紙目の寸法は縦三一・四センチ、横四四・六センチ。
②料紙は紙背に「逐申、、、」とある書状の楮紙を打紙にしたもので、紙背には外題はない。しかし、年号が二か所に書かれ、最初の年号はあたかも表題のようになっている。
③縦折線跡が二か所あり、それぞれに1・2と番号を付けた。
④右端から1まで幅が一・六センチ、真ん中に四角状の破損があり、そこから横線状に破損が続く。特に右端から2までの一三・八センチ幅が大きく、汚れも折線から薄黒く分かれている。

以上の点からの復元は、一紙目の右端縦折線1に押え竹をあて糊附けて八双を造り、八双に巻紐を附け、三分一程の縦折線2で外側に折返して一二・八センチ幅の表紙にし、紐で巻き締めていた。図5のようになる。他の巻では『正治二年正月二月記』を

図5　復元図（『明月記』折返表紙）

折返表紙と想定する。外の例として、巻末を折返表紙にした『後宇多院宸記』一巻（国宝、歴史民俗博物館蔵）の復元図を『古写本の姿』（『日本の美術』四三六号、三九頁）に掲載した。

文献にも折返表紙が出てくる。藤原定家書写本『土左日記』（国宝、前田育徳会尊経閣文庫蔵）奥書に、後白河法皇創建になる蓮華王院の宝蔵に襲蔵している紀貫之自筆本と称する『土左日記』一巻を書写したとあり、貫之本の書誌を奥書に記述している。その中に「軸なし、表紙は白紙一枚を続く」とあり、外題は貫之筆で「土左日記」とある。表紙の割注に「端聊折返、不立竹、無紐、」とあり、八双竹も紐もない、単なる折返しただけの表紙であるという。巻紐の有無を除けば、『明月記』の表紙と一致する。

(三) 折本装包表紙――『寛喜元年秋記』（図6・復元トレース）。

本文を参照する際、巻子では該当する箇所を見るの

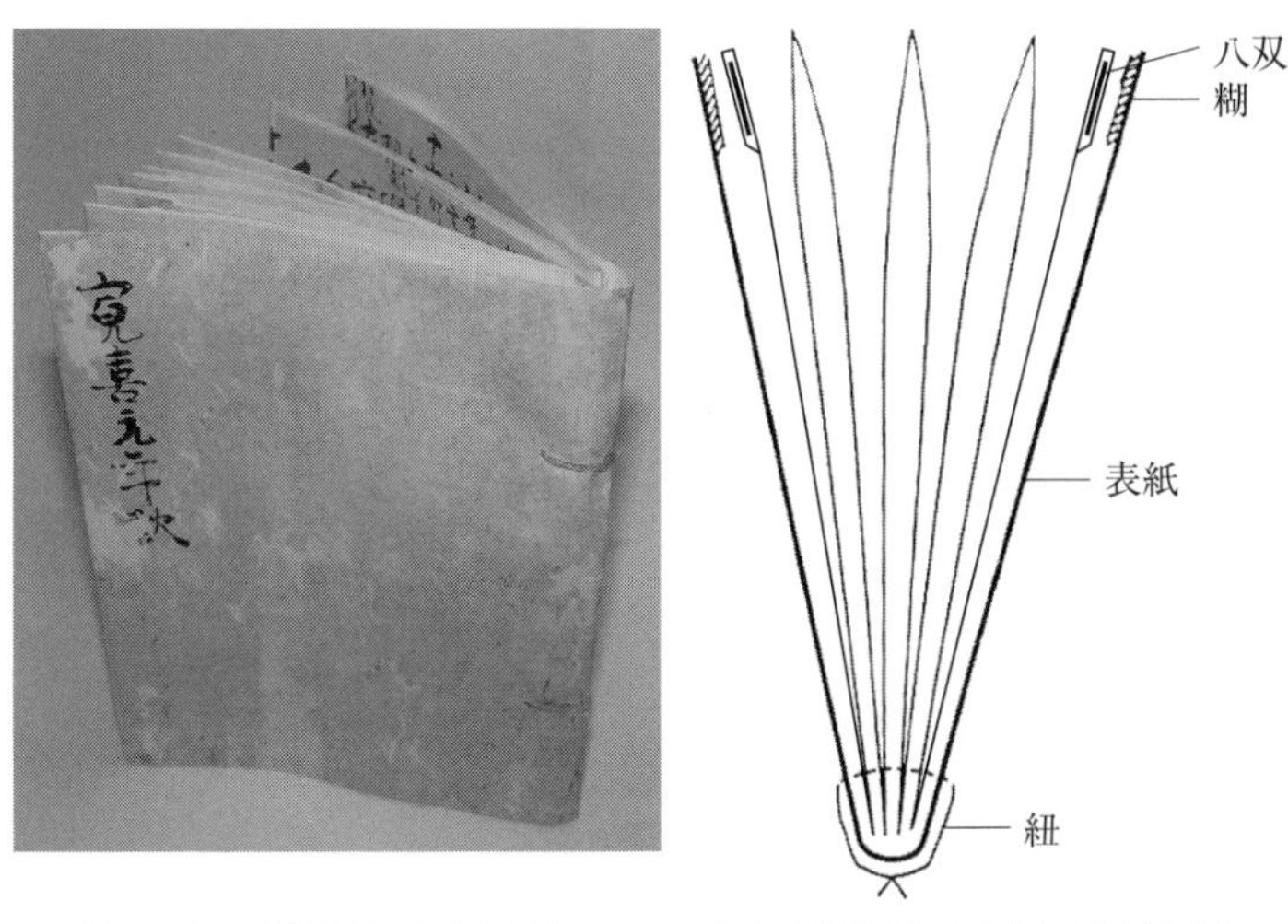

図６　右は『明月記』折本表紙トレース、左は『明月記』折本装包表紙復元図

にいちいち端から開いたり巻いたりしなければならず、大変不便である。そこで、折り畳んで閲覧に便利な折本に改装していた。古代中世において、巻子を折本に改装することは、一般的に行われていた。

『明月記』が折本であったことを初めて紹介したのは、辻彦三郎氏である。中院通秀の日記『塵芥集』文明十七年（一四八五）十月二十二日条に、昼に冷泉大納言が来て「明月記一帖被許披覧了、」とあり、冊子の単位である「一帖」から室町時代には折本装になっていたことがうかがえるという。装訂を辻氏は『藤原定家明月記の研究』七四頁で、

現状において冊子本当時の綴目の残存すべきを認め得ず、かつ継目に不都合なく最初の巻子本の体裁をうかがいえるところから、冊子本に改装の際には本誌の両端に足をたして綴じたことも考えねばならないであろう。

と考察する。辻氏は折状に足をたしたと推論するが、

平成の修理の過程で、折谷に糊附けした痕跡がなかったことがわかった。

折山と折谷の間は各巻によって相違するが、約二二センチから二五センチ程度である。開いたときの幅は四五センチ前後と、ほぼ一紙幅になる。

折本を復元できるのは『寛喜元年秋記』である。一紙目に折本装の包表紙が完全に遺されている。この一紙は両端一センチ幅で縦の折線があり（巻子装にもどすときに、両端を化粧裁されている）、天と地からの約七センチの箇所に左右に対応する人為的な穴が認められる。これらの点から復元すると、本紙を折り畳んだ後に、一紙で折本を包み、両端を一センチ以上折り込んだ所に平たい竹を入れて八双を作り、八双部分に糊附けした、いわゆる折本装包表紙になっていた。折本と包表紙の間には糊を附けなかった。そのため、綴じが緩くなることもあって、折谷の天地から約七センチばかりの二か所に穴を空け、その穴に紙縒りか紐を輪にして綴じた。本文見開きの綴じ穴間に紐が通っていた擦れ痕が残っている。綴を輪にしているため、折本をひろげたとき、文字が綴じで塞がれることなく、本文を読むことができた。

現在、原表紙と鎌倉期と想われる旧表紙とに表紙を分けているが、旧表紙のほとんどは包表紙であった。包表紙には三形態があり、①綴穴のないもの②綴穴が中央一か所のもの③綴穴が二か所のものがある。

折本状で伝えられていたのを、紙背文書を取るため間批ぎするために、寛永五年頃に巻子にもどされ、さらに享保七年（一七二二）以降に為久は裏打ち・新軸・紺色表紙を附けるなどの修理を行い、現在の『明月記』の姿になった。

また、折本の『嘉禄三年冬記』旧表紙上には、改元記などの主要な記事の見出しを書いて部類記として参照できるような目録の役目をしていた。

『明月記』の利用方法は、巻子装の活用による「巻子装→折本装→巻子装」の変遷を端的に現している。

八　流布と修理

定家は、朝儀やその他の問い合わせに対して、自分の日記を参照して答えている。前述のように鎌倉幕府の史書『吾妻鏡』の編纂に利用されたり、『延慶両卿訴陳状』で述べたように、当初から抜書が行われ、流布していた。室町時代になると、一条兼良（一四〇二〜一四八一）が源氏物語の注釈書『花鳥余情』に抜書を利用する。戦国期の冷泉為広（一四五〇〜一五二六）が歌道の抜書本を遺している。流布したのは主に和歌関係であるが、日記本体は通例の「他見せず」であった。

冷泉為満の義理の兄・山科言経（一五四三〜一六一一）の日記『言経卿記』慶長五年（一六〇〇）十一月二十六日条に、

一、禁中へ冷泉ヨリ明月記四十四冊被借進了、勧修寺右丞へ持被罷向了云々、

とあり、禁中に『明月記』折本四十四冊が貸出されている。同記・慶長六年九月十日条に、

一、禁中ヨリ皇暦代二之巻被借下了、可参之由有之間、入夜参了、冷へ明月記定家卿筆、四十四巻被返下

了、則冷へ遣了、ハサミ筥ニ入了、

と返却された。禁裏でもこの間に為満蔵『明月記』の書写が行われたようである。この時の写本は禁裏の何回かの火災で焼失したのであろう。借出が「四十四冊」で返却は「四十四巻」とある。が、もとの巻子をもどしたわけでなく、単なる呼び方で折本冊子である。

次に、『明月記』全巻を書写したのは徳川家康である。

家康の写本

戦国時代に多数の典籍類が戦禍や散逸に遭っていた。天下統一後、家康は円光寺版などの出版をはじめとする文芸復興を目指した。とくに貴重な典籍の副本作製に力を注ぎ、金地院崇伝に命じて、五山から各十人を選び計五十人により、各家の重要な典籍の写本作りを敢行した。一件につき三部作製し、朝廷・駿府（家康）・江戸（幕府）に分蔵して、災難に遭遇しても、一部でも写本が伝存するように万全の処置を施した。

為満の甥・山科言緒の日記『言緒卿記』慶長十九年（一六一四）十月二十四日条に、

今日南禅寺へ参、金地院ニテ、明月記、五山之衆書写見物シ了、冷泉黄門、予、冷少将同道シ罷帰、

とあり、南禅寺内の金地院で行われていた『明月記』の書写を、冷泉黄門為満・少将為頼父子と共に見物したとある。小槻孝亮の日記『孝亮宿祢日次記』慶長十九年（一六一四）十月二十七日条に、

依将軍大御所、諸家旧記被借請、於南禅寺写之、予西宮記廿二巻出之、冷泉中納言為満定家日次明

月記被出之、

とあり、『西宮記』等とともに冷泉家からも『明月記』が借出されて書写を行っていた。この時の写本で禁裏・駿府のものは焼失・不明と成ったが、江戸の分は、紅葉山文庫に伝えられた。この文庫を収納する国立公文書館は、『明月記』六十四冊（第六十四冊目は『長秋記』である）を架蔵している。不思議なことに、第一巻目である『治承四年五年記』一巻はなく、後年になって水戸の彰考館本からの写本を加えている。彰考館本は虫食いにいたるまで書写している直写しのようである。冷泉家本も彰考館の採訪にあっていた例の一つではないか、と推測する。

このあと、『明月記』は紙背文書を剥がされる（間批ぎ）受難に遭遇する。

古筆切の流行

人々は過去を振り返り、古を想うときに歴史を学ぶ。「書は人なり」のことわざがあり、古人が書いたものにその人自身を見ようとする傾向はどの時代でもある。とくに、古人の筆跡の一部を切り取った「古筆切」を鑑賞することが行われた。

古筆切の早い例の一つに、琵琶湖竹生島の宝厳寺に所蔵されている平安時代後期写本『空海将来目録』（重要文化財）一巻がある。この目録の中ほどに十行と三行分の二か所が切られた跡がある。巻子の裏書に、

嘉禎四年二月三十日進将軍家　十行書写留之、

嘉禎四年十月三十日中原師員　三行書留之、

とある。嘉禎四年（一二三八）鎌倉幕府将軍藤原頼経と近臣中原師員に贈るためであった。空海の信仰とともに当時自筆と伝承されていた目録の断簡から、空海その人の面影を偲ぶためであった。

戦国時代が統一され桃山時代に入ると、狂乱のように古筆切収集が始まった。とくに熱心に集めた代表格の一人が関白豊臣秀次である。冷泉家御文庫の『公忠朝臣集』は所望により提出し、冷泉家には模写本のみが遺されている。また、『花山僧正集』（『遍照集』）は大名の宇喜多秀家へ後二丁を切って献上した。他にも、古筆用に切られた平安鎌倉時代の私家集類もある。

『明月記』の紙背文書も狙われた。歌聖定家関係の文書として質の高いものであり、収集家にとっては垂涎の的になっていた。

そこで、表面の『明月記』本文を傷つけることなく、紙背だけを剥いでいった。料紙の継目に「重政」印を捺している。印文の「重政」に該当する人物を冷泉家関係者からは見いだせない。印は一般的な黒印である。間批ぎされていない巻子には印が捺されていない場合がある。そうすると、間批ぎした表具師の印鑑ではなかろうか。紙継目印を捺してから一枚一枚離して剥いでいったが、巻子に復元するときに、剥いでいない場合は印を合わせることで、もとの順序に簡単に継げることができるからであろう。復元できないものも出てきた。継ぐ順番の不明なものは、年代が違うものでも日附の合うものを合わせて一巻にしている『寛喜二年秋記』（重要文化財、個人蔵）や『安貞元年四月記』（東京国立博物館蔵）など数巻がある。

紙背文書が散逸したのは、為頼が薨去した寛永四年（一六二七）四月二十六日以降から、武家伝奏と京都所司代の封で御文庫の扉が閉ざされる、寛永六年（一六二九）以前までの間と想定している（第六章参照）。

為久の修理

享保六年（一七二一）八月二十八日に御文庫の封が解かれて冷泉家の預かりとなった。当主が自由に御文庫に入れることになり、為綱為久父子は典籍の書写と修理を始めた。が、翌年為綱は三月六日に逝去したため、主に為久が行った。現在の紺色表紙に銀箔散しの見返を附け、朱筆で題を直書したのも為久による。「現一」から「現六十九」までの朱番号を附した。『定家申文草案申文』一巻（重要文化財）も同じ補修で、その奥書に、為久が享保七年に修理した旨の識号を書く。この申文が承久三年次により、為久は『明月記』の一部と思い、「現七十」の朱番号を附して『明月記』の最終巻とした。

近代

明治に入ると、明治四十四年に国書刊行会から三冊本で出版された。国書刊行会は、底本を江戸幕府の紅葉山文庫を引き継ぐ国立公文書館蔵本（旧内閣文庫本）等の写本を用いている。これは慶長十九年に徳川家康が冷泉家から借出して五山僧に書写させた写本である。冷泉家本は昭和六年春に白蟻が長持の角から侵入して食い荒らしてしまった巻子もあるが、破損した個所はこの家康写本によって復元できるのである。

昭和十六年に定家没後七百年祭が行われ、冷泉為臣氏により、冷泉家で定家本典籍を含めた『明月記』の展示が行われ図録『定家卿筆跡集』(昭和十六年二月一日刊)が出版された。

昭和五十六年四月一日附で冷泉為任氏の力により、財団法人冷泉家時雨亭文庫として設立となった。

昭和五十七年六月五日附官報告示により重要文化財に指定。さらに、平成十二年六月二十七日附官報告示で国宝に格上された。

また、昭和六十二年度から全巻の修理が行われて平成十年度に終了した。修理方針は、為久が附した紺地表紙を遺すなど、享保年間の姿を改変することなく補修することであった。工程は、裏打紙を除去し本紙の虫害にあった箇所の穴埋めをした後に、新しい裏打紙を貼った。裏打は①肌裏紙(剥いだ紙背を利用していた文書は元通りにもどした)②増裏紙③中裏紙④総裏紙の四枚重ねたもので、透明感のある薄い裏打紙を用いたとはいえ、現状では直接に紙背文書を見ることはできない。しかし、修理にともない紙背文書を直接撮影して、平成五年から本文・紙背を合わせた影印本・冷泉家時雨亭叢書(朝日新聞社刊)の『明月記』を出版、全五冊が平成十五年に完成した。さらに紙背文書の釈文も冷泉家時雨亭叢書別巻一『翻刻明月記紙背文書』が出版された。

冷泉家時雨亭叢書による定家本の出版、総合的に典籍を概観した豪華図録『冷泉家の秘蹟』(朝日新聞社刊)も出版されたことで、定家の書写活動の全貌が窺えるようになり、今後の研究が期待される。

おわりに

武家政権成立期の激動の時代を生き抜いた貴族にして大歌人である藤原定家は、一般貴族と同様に日記を書き遺していた。日記は『明月記』とよばれ、定家が生きた時代の息吹を伝えるとともに、『明月記』の中の新星の記述が、外国の天文学者による超新星の発見の証明に用いられるなど、日記から多くの研究がうまれている。一部散迭した巻子もあるが、幸いなことに、ほとんどの原本は定家の子孫である冷泉家に伝えられてきた。この日記の形態の変遷を述べてきた。箇条書に略述してまとめる。

一、定家は、間明きのない具注暦一巻をみながら続紙の巻子に日附を書き、日記をつけていた。干支を書き込む時期もあった。
二、紙が足りなくなると紙を足し、あまりにも太巻きになると、二巻に分離した。
三、公務から離れた出家後に、貴族日記の常で、自分の日記を中書の清書をして家の故実用に遺そうと、かねてからの計画である部類記編纂の第一歩を実行した。
四、一巻毎の大体の紙数を考えて、続紙の巻子装にした。その際、界線を引く料紙も用いた。
五、日記を晩年に中書するために蓄積された文書を表具師に出し、紙を打たせて（打紙）書きやすいように整えた。
六、清書（中書）にあたり、家司等を中心とした書写者を選んだ。担当者の中には、原本の書風に似せて筆馴らしをし、定家の書風を練習した者もいる。大きく分けると三組の書写集団によったようである。

七、書写にあたっては、第一紙目を定家が書く場合もある。一巻の中でも数人が書写することもあった。

八、清書（中書）が終わると、定家は、曖昧な文字をなぞって明確にし、書き間違いを校訂した。また、書き残しておくのは恥だと考えた箇所を切り取った。さらに、原体を遺したい文書は、原文書かその模写を必要な箇所に切って貼り継いだ。

九、校訂・切継が終了すると、表紙を附け外題を直書して巻子装を完成した。また、完成の前後で事書を書き込んだ巻もある。

一〇、巻子装では記事を参照するに不便であるため、多くの巻子を約二三センチ前後に折って折本装とし、一紙の両端を折った端を本体に糊附する包表装にした。紐を通してゆるい輪で綴じた。折本装包表紙である。

一一、毎日書いていた日記の自筆原本が、冷泉家から一片も発見されていないのは、『中右記』が清書された後、自筆原本が破棄されたと同じく『明月記』も破棄されたと推測される。

一二、定家薨去後、為家に伝わり、為家遺言状で邸宅・家領・和歌文書と共に『明月記』は、子息為相に譲与された。以後、為相を祖とする冷泉家に伝存する。

一三、応仁の乱により、応仁元年（一四六七）五月二十六日の午後に冷泉為富の村雲邸（上京区村雲町）は全焼したが（『大乗院寺社雑事記』応仁元年五月二十九日条）、典籍ともども無事逃れていた。

一四、『言経卿記』慶長十一年（一六〇六）七月二日条に現在地を賜る記事がある。
一五、為頼が没した寛永四年（一六二七）四月二十六日以降から『明月記』の紙背文書で貴重なものは、剥がされて散逸してしまった。剥がすために、折本装は巻子に戻している。
一六、『明月記』等の典籍散逸を聴いた将軍徳川秀忠は朝廷に願いでた。そこで、武家伝奏と京都所司代は典籍蔵の御文庫に封印をして管理下におかれた。
一七、寛永九年（一六三二）二月には、数日に渡って目録がとられ、その後一部の典籍修理が行われた。
一八、享保六年（一七二一）八月二十八日に、御文庫の封印が解かれて家の管理になった。この後、御文庫の修理が為綱・為久父子により行われた。為綱は翌年亡くなったので、『明月記』の修理は為久により行われた。紺地表紙を附け、朱で外題と巻数番号を直書した。完成すると、「記」と貼り紙をした長持に収納した。
一九、昭和六年春頃に、白蟻が長持の角から侵入して『明月記』を食い荒らした。
二〇、昭和十六年、為臣氏は定家没後七百年祭で、定家本典籍を冷泉邸で展示し、『明月記』をはじめとする襲蔵本が世に知られることとなった。
二一、昭和五十六年四月一日附で冷泉家時雨亭文庫として財団設立となり、為任氏は、『明月記』も寄贈された。
二二、昭和五十七年六月五日の官報告示により、国の重要文化財に指定された。
二三、昭和六十二年四月から全巻の修理が開始され、平成十一年三月に完成した。

二四、平成十二年六月二十七日の官報告示により、国宝に格上された。
二五、平成二十三年四月一日附で公益財団法人に移行認定された。

以上が『明月記』製作と伝来過程の概略である。

本書はほとんど本文に触れていない。その理由は、文化財の視点から『明月記』の姿を通した日本文化史の一端を述べるためである。今後は、本文と一体化した史論を、読者と共に展開したいと熱望している。

第二部　各論

第二章　明月記の写本学研究――貴族日記と有職故実書――

はじめに

人が書いたものを写したのが写本である。では写本の目的は何か。人の行動には必ず目的がある。古人の目的は、文章の記録と作った物に刻み込まれている。

中世貴族日記は何の目的のために書かれているのか。この命題を解くために、貴族日記の代表の一つである藤原定家の日記『明月記』を取上げて検討する。特に、本日記は定家を家祖とする冷泉家に伝存しているため、日記自体の形態を通して、写本学の視点から論述するのが、本章の目的である。

藤原定家は、『新古今和歌集』『新勅撰和歌集』の勅撰集撰者として有名であり、小倉百人一首の撰者としても一般に知れ渡っている。定家の日記は「明月記」と称されて、世に知られている。

従来『明月記』は、定家が毎日書いた日記であるといわれ、巻子本の日記から一部を切除して、古筆手鑑や掛幅として尊重し鑑賞することも多く行われている。

筆者は、現存するものは晩年に定家の監督下で、日記原本から清書する前段階の中書で原本から書写したものであると主張してきた。その写本の目的は部類記を作るためであった。言い換えれば、部類記が日記の清書本ともいえる。部類にする前の段階が、現在の『明月記』である。

中世貴族日記は家柄によった有職故実書を作成するのを最終的な目的として、毎日日記をつけていた。筆者はこの目的を写本形態から実証し、さまざまな機会に書いてきたが、一般化しているわけではない。そのため重複箇所も多くあろうが、新史料を加えつつ再度論じていきたい。今までの論著は、

①『明月記』書誌・解説（冷泉家時雨亭叢書一～五、朝日新聞、平成五年十二月刊～平成十七年二月刊）

②『『明月記』巻子本の姿』（『日本の美術』四五四、至文堂、平成十六年三月刊）第一章所収

③『翻刻　明月記紙背文書』解説（冷泉家時雨亭叢書別巻一、朝日新聞出版、平成二十二年二月刊）

④『翻刻　明月記一』解説（冷泉家時雨亭叢書別巻二、朝日新聞出版、平成二十四年八月刊）

⑤『翻刻　明月記二』解説（冷泉家時雨亭叢書別巻三、朝日新聞出版、平成二十六年十一月刊）

である。概略を尽くしたとは思うが、形態を通して、日記がなぜ遺されているのかを、さらに追及したい。

一　概念

日記の概念は、『広辞苑』にも「日々の出来事や感想などの記録」と説明するのと同じく、鎌倉時代の故実書『雑筆要集』にも、「無式法」につづけて「唯日所注記要事也」と規定されている。日附を書

いて、その日の出来事を自由に記録したものであることは、現代でも鎌倉時代でも同じである。が、何の目的で書いたかは時代によって異なる。中世貴族日記を現代の個人の日記と同一、と思いがちであるが、大いに相違する。『明月記』も定家自身により、故実書に変えられているのである。

平安時代中期の日記の意義を書き遺したものに、一度は引用される藤原師輔の『九条殿遺誡』がある。その中に、

見暦書、可知日之吉凶、年中行事略性付件暦、毎日視之次、先知其事、兼以用意、又昨日公事、若私不得止事等、為備惣忘、又聊可注付件暦、但其中要枢公事、及君父所在事等、別以記之可備後鑑、

とある。朝起きて、鏡をみて体調の変化をみる。次に暦をみてその日の吉凶を知る。また年中行事が暦に注されているので、その日の行事を知って用意する。また、昨日の公事を後世のために備えるために、件の暦に書き加えておく。君父に及ぶことがあれば、別に記して別記を作り、後世の鑑とするとある。

『九条殿遺誡』は、地位が最高の家柄である摂関家の日記であり、「要枢公事」を日記に書くことが主張されている。平安時代後期になるとさらに日記の目的が明確になっていく。

師輔から一六〇年以上たった、子孫の関白忠実（一〇七八〜一一六二）の言談を中原師元が筆録した『中外抄』[1]（八三）に、

仰云、日記ハあまたハ無益也。故殿仰ニハ日記多レハ、思交テ失礼をするなり。西宮・北山ニハ凡作法ハ不過。其外家の日記の可入也。此三つの日記たに有ハ、凡不可事闕、他家日記ハ全無益也。其故ハ、摂政関白主上の御前にて腹鼓打と云とも、不可用之故也。又日記ハ委ハ不可書也。人之失

又不可書。只公事をうるハしく可書也。さて日記を不可秘也。小野宮関白ハ依蜜日記無子孫。九条殿ハ依不令蜜日記ゐせ物也。其事ハ棄事有と令書給たる故也。部類抄ハいみしき物也。

とある。この内容は、

①日記は多くは要らない。それは、諸説が入り混じって礼を失ってしまう。有職故実書の『西宮記』と『北山抄』と家の日記があれば十分である。

②日記を秘蔵すべきでない。

と、二項目にまとめられる。最後に「部類抄ハいみしき物也」と総括している。日記は部類記であると総括している。

「三つの日記たに有ハ」公事を務めるに事欠かないとして、有職故実書の『西宮記』『北山抄』と「家の日記」を三つの日記として同列に扱っている。すなわち「家の日記」も『西宮記』『北山抄』も故実書であると認識されていた。朝廷に出仕する貴族たちにとって、公事の規範である故実書は必要不可欠のものであった。宮仕えをする貴族たち全員が、家の日記を書くことにより、家柄の有職故実書を作っていた。

日記は故実書であることを『中外抄』は示している。その実例として端的に表しているのが、陽明文庫所蔵の重要文化財『摂関家旧記目録』一巻で藤原忠実筆[2]という。その本文は、

（端裏書）「目録」

一合　殿

御堂御記卅六巻　在目録
葉子二結
九条殿口伝二巻
天暦御記四巻
故殿御記二巻
〔二〕（異筆）
荷前記二巻
〔御堂御筆所充「被入家之朱銘筥了」〕（異筆）
叙位一巻、
永久五年二月十日

とある。本巻は摂関の藤原忠実筆の伝承がある（『中外抄』と同一人）。記録の内容は、永久五年（一一一七）に「殿」と名付けられた記録箱一合の目録である。この書名を解説すると、

・「御堂御記」は、道長の日記、国宝『御堂関白記』である。

・「葉子」は冊子本のことをさし、『御堂』の次に書かれているため、道長の著述であろう。この文書全体から示唆するものは有職故実書である。また、「二結」とあるのは、巻子本と同じく一本の紐で結んであったことを示す。たとえば、国宝『三十帖冊子』（仁和寺蔵）は本体と帙とが一緒になり、帙の片方に紐を付けて巻子本と同じに結んでいる。また、平安時代後期写本の重要文化財『新修浄土往生

伝』一帖（東大寺蔵）は、表裏表紙に板を用いた折本で、表表紙端中央に一本の紐を付けて、巻子と同様に結んだ痕跡がある。「結」は「冊」の意味である。

・「九条殿口伝」は、藤原師輔の口伝による故実書である。尊経閣文庫に、「小野宮故実旧例」と「九条殿口伝」とで構成される『小野宮故実旧例』が遺されている。

・「天暦御記」は『村上天皇御記』。

・「故殿御記」は『後二条師通記』。

・「荷前記」は、朝廷へ奉る貢物の毎年最初の分を、十二月に「荷前使」を派遣して、伊勢神宮をはじめ諸方の神や陵墓に献進する行事の故実書である。

・「御堂御筆所充」は、道長自筆の所充の文書である。所充は、朝廷や院宮王家に設置された所の別当を補任する儀式をいう。「被入家之朱銘筥了」と注記されているのは、摂関家の所充であったために「家の朱銘筥」に別置されていたのであろう。ということは、この記録箱全体が故実書の文書箱であったことを示している。

・「叙位」は、官人たちに位階を授ける故実書である。

以上、検討してきたように、日記と故実書が一箱に納められている。

冷泉家にも同じ意識のもとに写本を納めた書籍箱が伝えられている。冷泉家には御文庫と御新文庫（おしんぶんこ）とよばれる二つの文蔵がある。御文庫は俊成定家以来の典籍を納める蔵である。御新文庫は明和四年（一七六七）に為村が造った土蔵で、江戸時代の写本類を主に納めている。

江戸時代の冷泉為久（一六八六〜一七四一）は、それまで勅封扱いにされ、武家伝奏と京都所司代の封がなされていた御文庫が享保六年（一七二一）八月に家の管理に成った以降に、蔵の典籍類の修理と御文庫収納本の副本作製に励んだ。巻子本『明月記』の写本を袋装冊子本の形で製作した。さらに、この写本を収める箱（架号、御新文庫さ函）を作り、他の典籍と一緒に収納した。その箱は、前から開く倹飩（けんどん）箱（はこ）で、蓋の表に収納書目を書いた紙が貼られている。記述は、

〽御記　秘
〽長秋　秘
〽平範　秘
〽北山　秘
〽西宮　秘
〽類聚雑要
〽公卿補任　秘
〽次第部類　秘
〽歴名土代
〽門院号
〽摂関伝

「明和五年涼風之日改之　為村五十七歳」

とある。為久の子息為村が御新文庫を造った翌五年に、御文庫から御新文庫に移すときに、収納典籍を確認した朱合点の点検が記されている。『中外抄』に記述するように、故実書の『西宮記』『北山抄』と「家の日記」である『御記』の『明月記』が一組になっている。さらに、定家写本を為久が写した『長秋記』（源師時の日記）と『兵範記』（平信範の日記）の写本もある。定家本『長秋記』の原本は明治に宮内省に献納され、現在は宮内庁書陵部に保管されている。定家本『兵範記』は一部断簡が冷泉家に伝存するが、早くから散逸している。定家と家柄の同じ貴族の日記であり、故実の参考にしたために写本を作ったのであろう。為久が定家本の写本を作り、この箱に納めた。『類聚雑要』以下『摂関伝』まで朝廷に仕えるために必要な故実書である。冷泉家における『明月記』は有職故実書であった。

『明月記』承元二年（一二〇八）十二月二十五日条に「近例可尋見、西宮・北山・蔵人私記、慥中本陣由二代御記載之」とあり、『明月記』も『中外抄』と同じ意識の実用書であった。

松園斉氏は貴族社会に「日記の家」(3)という特定の家柄があるというが、右で述べたことから、それぞれ階層に応じた日記を書いていたと判断できる。特定の「日記の家」が存在したわけではない。また、松園氏が「日記の家」を指定する際に伝来状態を目安にしているが、応仁の乱により大部分の貴族日記は消滅しているため、遺っているか否かだけで論じるのは危険である。

ここまで論じたように冷泉家では江戸時代にいたるまで、『明月記』は家の故実書であった。

二　具注暦

定家も日記を書く時、『御堂関白記』と同じような具注暦の一日二・三行の開いた間明きに書き込んでいると思われがちであるが、具注暦には書いてはいない。その例を『明月記』からあげると、嘉禄二年（一二二六）四月十九日条に、

　披見暦、廿一日重日、無障、早速可被遂拝賀由加詞了、

とある。安貞元年（一二二七）十二月七日条に、

　今日見暦、帰忌太白旁可憚、

と、「重日」「帰忌太白」等の具注暦を参照しながら書いていたが、天福元年（一二三三）十一月二十六日条によると、

　昨日恍忽之余、忘今日帰忌日、忽見暦驚之、

とあり、暦を見て驚いたとある。それは具注暦の暦注を見ていないことになる。では原本はどのような状況であったのであろうか。

冷泉家時雨亭叢書の影印本第三十四『建保元年四月記』一巻は、この一か月間のみである。四月二十九日条の次の最終行に、

　五月　依大巻切之、

と、巻子が太くなったので五月以降の箇所を切ったとある。この記事は、定家が日記を書いていた原本が太くなったために別の巻子としたという意味になる。現在の『明月記』が中書本であることから、親本は白紙を継いだだけの続紙の巻子装に書いていたことが読み取れる。

ところで、定家が日記を書く場所に具注暦はなかったとあるが、どのような状況下であったか。一条兼良著『桃華蘂葉』（群書類従巻第九三二）に硯箱の図が載せられている。「御本　重硯筥下重様」とあり、硯の右脇に二巻を置く台があり、その個所に「当年暦」と記している。「御本」とあり、天皇・院が用いた春夏一巻と秋冬一巻の二巻の間明きのある具注暦の巻子図である。この図から推測するに、定家が具注暦を見なかったとあるのは、硯箱より離れていた場所に間明きのない一巻の具注暦が置かれていたのであろう。

貴族にとって具注暦の記載は第一番に気をつけることであった。いつも具注暦をみることができるように置かれていた。また誰でも見ることができる場所にあったろう。『兵範記』元永二年（一一一九）七月十一日条に、

於院段上、有和歌、殿上人十余人於中門廊講之、以暦台為文台、事了分散、

と、暦台を和歌の短冊懐紙などを置く文台の代わりにしたと記されている。院では暦台が常時置かれ、具注暦を参照することができた。そうなると、暦台に置かれた暦に書き入れる必要がないため、日附の一行取りで間明きのない具注暦であったろう。定家も家に暦台として使用する台が置かれ、誰でも見ることができたと思われる。

『御堂関白記』や『小右記』は、毎年十二月一日条に散見するように、暦博士に注文した日記兼用の二〜三行間明きのある具注暦二巻であった。出来上がってくるのが十二月一日である。受取ると、最後まで開いてみるのが慣習になっていた。定家も間明きがなかった具注暦一巻を『明月記』嘉禎元年（一二三五）十二月一日条に、

見新暦、不聞世事、

とあり、翌年の暦を受け取って巻末までみている。さらに、『九条殿遺誡』の「年中行事略注付暦」と記すのは、桃裕行先生が「家司書」とよんでいる部分で、最初に一年間の年中行事を日附の頭注に家司に書かせて、毎日の行事を確認していた。定家も巻末まで見終わって「家司書」を記入させたと思われる。

三　「家の日記」（家記）

『明月記』に「家の日記」を詰めて「家記」と記述する記事が散見する。家記の条文を列挙する。

・建保元年（一二一三）正月二日条、

又仰云、東礼御所、御輿寄中門之時、左右近猶可立替由、上皇頻被渋仰之間、松殿関白皆実ニさ候けり、家記雖不見可然由、被申、於我者未承伏、但有御問答、被択仰者、其時若心弱帰伏歟、如今案者、先両大将入中門座内、正説也、大将入内座右東左西、次将左右向北座、於不背此説者、何可立替

乎、又代々次将座様、如此家記無之、故入道・故殿御記許ハ不可用由、院被仰云々、法性寺御記、
入中門座内由有之、是即有家記由存也者、

・嘉禄元年（元仁二年、一二二五）正月七日条、
有経朝臣、女叙位・院宮御申文役・叙列事等、尋之、委示送之、此人、雖有職之余流、不持家記、
常音□（信）、毎度委示之、依有内外相好也、

・嘉禄二年（一二二六）正月二日条、
自是可参殿下者、夜前曳尻着軾（公卿有不審之気、右将軍云、雖為重代蔵人頭、年来不見家記、、昨今被問懸之後、多有見出事云々、人々聞之有相慎之気、）

・嘉禄二年正月十二日条、
一昨日参内、頭中将、当時有其誉由、宣旨局語之、代々蔵人頭家記、口伝、委授之由、示含了者、
極以為面目、

・嘉禄二年四月二十八日条、
神事十一月以前無祭、仍随神事以前、諸公事勤否、諸家記等雖有所見、当時常説等不審、仍問平相
公、返事云、神事奉行以前、奉幣使勤仕了、是先例歟、

・寛喜三年（一二三一）八月二日条、
翌日参内、欲議定此事之間、惟任又大殿仰有承旨、不可見三方由難渋、不遂議定退出、弁此由申殿
下之間、以有長被申大殿、〻〻令驚給、以誰人申示由、被仰之間、弁失色取寄件日家記、切出進覧
具書、此事忽逆鱗、兼教籠居、御領二ケ所被召之、事趣驚付有勘当、殿下御恥歟、

以上、主だった記述を挙げてみた。家記は「代々次将座様」「有職之余流」「重代蔵人頭」「諸家記」などとあるとおり、他家の日記である。なお、寛喜三年八月二日条の家記の記事は、他家の日記自体から該当個所を切り出して進覧している。『明月記』の「家記」は、他家の日記[4]をさしている。『明月記』そのものは、記主が自らの日記を指して言う一般的な呼び方である「愚記」と記して区別している。

定家が区別した理由は、他家の「家の日記」を有職故実書の家記として位置づけていたためである。現在の『明月記』は、定家が毎日書き続けた日記を編修したものである。

四　編修――紙背文書――

『明月記』の原本は、従来紙背文書があるところから、定家に届けられた書状類の裏の白紙を利用して、日記が書かれたと記述されていた。そうなると、書くたびに紙を糊附しなければならない。紙の継目の重なりは、向かって右手側の紙が左側の紙の上に載っている右手前と反対の左手前のどちらかである。右手前の場合、紙を継ぐ時は紙を巻末から糊附していく。左手前は、巻頭から糊附していく。糊を附ける時、紙を二枚重ね、継ぐ側の端に糊附して上の紙を回転させる。もし重ねないで一枚一枚を糊附すると、互いにちぐはぐとなり、巻子全体が蛇行する。『明月記』は全巻真直ぐ右手前で継いでいる。そうなると、届けられた書状の裏に当時の日記を書くことは不可能である。『明月記』は紙を継いでから書いた巻子本である。

また、「明月記展」（平成十六年）での全巻展示や、冷泉家時雨亭叢書で全巻影印されたことにより、定家一人の執筆でないことが理解され始めている。故実書にするために原本から中書をする過程で、保存していた文書・書状類が使われた。すなわち、将来の編修のために保存していたのである。

近年、文書を保存する状態を推測できる事例が出現した。それは、平成二十五年に重要文化財に指定された大阪市大通寺蔵の像高九六・六センチの釈迦如来立像一体（鎌倉時代）である。

願主は、藤原定家の家司の藤原忠弘で、父の供養のために造立したという。指定名称は、

木造阿弥陀如来立像　一軀

附　阿弥陀如来印仏（八十一通）　八綴

紙背藤原親行書状

である。文化庁文化財部美術学芸課により指定解説が『月刊文化財』[5]に掲載されている。その解説（彫刻）によると、

（前略）近年の修理によって像内躰部より八綴、計八十一通の納入印仏が取出された。料紙一紙に阿弥陀如来坐像を二四〇躰前後を並べ捺しており、うち七〇紙は表裏にわたり捺している。七一紙分には文書が利用され、いずれも書状とみられる。書状の中には寿永元年（一一八二）十二月の年紀を記すものもあり、これが木像の製作年代の上限となる。

書状の中には、安楽寿院から八条院（一一三七～一二一一）に伝領された播磨国石作庄に関して藤

原親行が藤蔵人に送ったもの（右第一綴八・九紙）がある。藤原親行は八条院判官代で、『建春門院中納言日記』（『健寿御前日記』『たまきはる』）には親行が八条院に近侍する様子が記録されている。これと筆跡の類似したものが多数みられることからこれらは親行の手になるものを主体とした書状群である可能性がある。本像は子孫で藤原定家の家司であった忠弘など近親者の手になり親行追善像として造立供養されたと考えられる。文書の多くが正文であることから、造立にあたりそれらは発給先により回収されたとも想像される。『明月記』建仁三年（一二〇三）二月十一日条に親行死去の記事がみえ、本像の像立もほぼこの頃に置くことができる。（後略）

とある。『明月記』建仁三年二月十一日条に、

入夜忠弘父死去由告之、

とあり、忠弘の父親行の死去日が判明することにより、この年以降に像立されたと判断できる。造立の際、体内に藤原親行書状等の八十一通が八束にまとめられて納められた。

重要文化財指定の前に修理した日本美術院によると、仏像から一度も釘を抜いた痕跡がないとのことである。それは解体修理したこともないということである。文書束は納入当初のままということになり、納入時の原型を保持しているといえる。束は右側端の中央に一箇所穴を開けて紙縒で綴じられている。綴の紙縒の上から印仏が捺されている。それは束ねられてから一度も解かれたことがなかった証拠である。

解説で「文書の多くが正文であることから、造立にあたりそれらは発給先により回収されたとも想像

される。」とある。また、「書状の中には寿永元年（一一八二）十二月の年紀を記す」とも記述する。二十年も前の書状を集めたことになる。解説はまとめられた書状は親行が出した書状の正文と鑑定しているが、集めたものにしては、あまりにも古い。また年代順にほぼまとめられているようである。

冷泉家には明治に至るまで当主の花押が捺された正文と間違ってしまう控えの書状が多数遺されている。これから考えると、親行が書状を出した時に、大事なものは控えを取って、生前から遺すべき文書が整理されていたと思われる。この整理の結果、遺されたものこそ、『明月記』の紙背文書であろう。

定家が『明月記』を書き始めた十九歳の時から七十四歳まで、日記は遺されている。晩年に一括清書（中書）するために、定家は草稿や書状控えや届けられた書状等を選択して、毎年まとめていたのであろう。紙背文書は上下左右が不規則に切られている。これは、綴じられていたための現象であり、中書をする際に左右上下などを切って巻子に仕立てたと思われる。また、続紙の巻子状態のものは、同じく右端で綴じていたか、単独で集められて折畳まずに右端に年代を記して箱などに入れられていたと思われる。

大部分の紙背文書は、その日に届けられた書状の裏に書かれたように編纂されている。紙背文書と日記の記述が補完するように選別されて用いられた。

五　利用形態

　ここまで述べてきたように『明月記』は、定家が出家後の七十四歳以降に、それまで毎日書いていた日記を清書（中書）した。その際、『建久年三月四月五月記』一巻（国宝、冷泉家時雨亭叢書『明月記』一）を後白河院の崩御記とするために、朱書で俊成の五条殿の名称の「殿」を削ったり、無関係の記事を朱線の末梢記号で削除したりして、崩御記にした。また、『建久九年十二月臨時祭記』一巻（国宝、冷泉家時雨亭叢書『明月記』二）は臨時祭だけを記載した別記である。実用の有職故実書として利用する場合、巻子装では不便である。求める記述を見出すのが難しい。そのために折本装にして用いるのが一般的である。しかし、このような一巻全体が別記になった巻子は折本に改装されていない。

　その他の多くは利用しやすいように、二十三センチ前後幅に折って折本装にしていた。折本装には包表紙を附けた。また、開きやすいように、折谷側の一か所か二か所に穴を開け、紐を通して輪にした。さらに、重要な記事を利用するために、表紙に目録を書き附けた。冷泉家時雨亭文庫の国宝の中から、折本装包表紙に書かれている目録を抜き出してみる。

【明月記表紙目録】

・『正治二年正月二月記』（叢書五六『明月記』一）

随思出書付
女叙位、院宮御申文　又次将不帯剣笏冂　凵

正治二年正月

・『元仁二年春記』（叢書五八『明月記』三）

不知事

二月八日左大将殿初度作文絶句

九日同御着陣中将参

三月八日同御作文四韻

元仁二年春嘉禄元年

・『嘉禄二年冬記』（叢書五十九『明月記』四）

聞及事

十月平座　宜秋門御懺法終　高麗群盗事

十一月　住吉童初参二品宮　宰相叙三位拝賀

南方立門　五節事等伝聞　白虹事或非白虹云々

臨時祭事等暗夜儀

廿七日仁和寺宮五部大乗経供養

十二月　有天変等連々

前殿被仰若宮御元服事　御元服事

除目事等　安嘉門院女房被聴禁色事

東一条院御仏名　弓場始下名（廿一日）　同夜
宿始　新屋　荷前

鳴動地震相頻

嘉禄二年冬

・『嘉禄三年冬記』（叢書五十九『明月記』四）

伝聞事

十月平座事　中宮行啓　除正二位

十一月五節之□

公卿勅□□物（未使）

十二月十日改元　不聞議定事

十四日春日行幸見物　南京事□□不及（見物）

御仏御仏名事等僅聞

下旬列見定□□之由聞之

京官除目

嘉禄三年冬改元安貞

・『寛喜元年冬上記』（叢書五十九『明月記』四）

女御々入内事　不交衆之了

聞及事不幾不能委記

寛喜元年冬

・『寛喜三年春』（叢書六十『明月記』五）

二月十二日中宮御産皇子降誕

寛喜三年春

国宝外にも、写本のみ遺されている日記の建保六年七月条に、

表紙云、此巻和歌秘説有之、不可有外聞、中殿御会事、

七月

とあり、写本に「表紙云」とあるのは、この表紙目録である。

以上、これらの記事から概観されるのは、公事にかかわる有職故実である。『明月記』が家の日記として、子息の為家以下の行動に参考になっていたことが理解される。

六　折本装の袋

三条西実隆の日記『実隆公記』（重要文化財、東京大学史料編纂所蔵）は巻子装になっているが、もとは折本装になっていた。その折の折本が入る袋[6]が同所に保存されている。

『明月記』にも袋があった痕跡が、二例見いだされる。一例は、『正治二年正月二月記』（図7）の巻

図7　『明月記』5（冷泉家時雨亭文庫蔵）

である。法量を示してみると、

随思出書付
女叙位、院宮御申文　次将不帯剣笏□　□

正治二年正月

…（一紙目。縦三一・二センチ、横三二・二センチ）………

正治二年正月

…（二紙目、横二二・四センチ）………

と、本文の本紙の前に二紙がある。一紙目は女叙位の目録であり、二紙目は、巻名と同じく「正治二年正月」と記載する。一紙目と二紙目とに年号が重複しているのは不要で、一紙目だけにあればよい。さらに、この巻は二五センチ前後幅で、もともと折本であったことを示す山折りと谷折りの折線がある。谷折りの線の端からの二・二センチ前後幅で地から一六・五センチの所に、穴が対称に開けられている。これらの穴の間には、紐を輪にして折本を綴じていたことを示す紐の摺痕がある。この綴穴は一紙目には右端中央にあり、二紙目にはないことが確認できる。そうなると、二紙目は折本を収納する袋であったと考えられる。

もう一例は、北村美術館蔵の『明月記　嘉禄三年春』（重要文化財）一巻の一紙目（縦二九・〇センチ、横二二・四センチ）の裏に縦一七・六センチ、横四・七センチの表紙と同一の紙に「嘉禄三年春」と記す押紙が貼られている。年号が二度にわたって書かれている。これも、押紙を袋の上書き部分を切り取って、貼り付けたものと思われる。この袋装に折本装の本体を入れて保存していた。

おわりに

藤原定家の日記『明月記』を通して検証した結果、貴族日記は有職故実書であると位置づけられる。有職故実というと、実際に使われていない古例と考えてしまうが、貴族たちにとってみれば、宮仕のための規範であり、現実に用いられていた規則書である。

律令制度が崩壊し摂関時代へと移行していくことは、日本の政治体制に合わせた現実運営になって行くことであり、律令制度の日本化ともいえる。その時に、律令法が基礎にあるとはいえ、摂関家・羽林家などの家柄の固定化とともに、職種も固定化される。そうなると、一般的な法律では規定できない、家柄に沿った先例書が必要になってくる。それが『中外抄』に示される『西宮記』『北山抄』と「家の日記」の『明月記』であった。

第三章　巻子本から冊子本へ――『明月記』と紀貫之本『土左日記』の表紙――

冷泉家時雨亭叢書中、藤原定家の日記『明月記』第一冊目を担当し解説の書誌執筆中に、題字が不思議な位置に書かれた巻子があった。第八巻「建仁二年秋」の一紙目である[1]。現在の『明月記』は、冷泉家十四代当主為久が享保七年（一七二二）前後に修理した。為久は、裏打ちをして新たに紺色表紙を附けて、朱で外題と巻数を書いた。近年の修理は、為久の修理を踏襲したが、原表紙が遺っている場合には外題が内題のように原表紙を裏返して一紙目とした。

第八巻一紙目は、原表紙が取れた後から題と本文を補筆した紙を継ぎ足したのであろう、と単純に考えていた。が、一紙目（図4、第一章53頁）は、二紙目と破損・汚れが違うだけで紙質・筆跡ともに同じで、最終行の文字が一部二紙目に掛かって書かれている。そうなると、始めの三分一の空欄に書かれた「建仁二年秋」の題字や、それに続く本文も当初の書写による原本となる。そこで、破損の状態からあれこれと復元を試みた結果、奇妙な形になった。見たこともない装訂で説明できず、スッキリしないままに校了した。それからも、気になってしかたがなかった。たまたま、書きやすくするために紙の表面を打って、滑らかにする打紙[2]を調べていた史料の中に、最古の書誌的な記載と言われる藤原定家筆紀貫之本『土左日記』奥書[3]の記述が、この装訂を示しているのではないかと気がついた。

二件とも定家の書物であり、『土左日記』の書誌から、この『明月記』の形態が説明でき、貫之本の原形も理解できると思いいたった。そこで、『明月記』の復元からはじめてみる。

一　『明月記』の装訂

第八巻「建仁二年秋」(図4、第一章53頁)一紙目の寸法は縦三一・四センチ、横四四・六センチ。現状を報告して、復元を試みる。

一、料紙は、紙背に「逐申、、、」とある書状の楮紙を打紙にしたもので、外題はない。

二、縦折線跡が二箇所あり、それぞれに1、2と番号を附けた。また、端から破損が及んでいる箇所までを3と附けた。

三、右端から1まで幅が一・六センチ、中央部に四角状の破損があり、そこから横線状に破損が3まで続き、特に2までが大きい。

四、2から3の横中央にかけて、巻紐の締め跡が現れている。しかし、擦り跡は認められないので、紙背からのものであろう。

五、左端の紙背に見える印は、一紙目と二紙目に掛けて捺された江戸時代前期の紙継目印(印文「重政」)である。ただし、二紙目の半印が見えないのは、紙継目印を捺した後に本紙から紙背を剥したため(間批ぎ)、印も除去されたためである。

この五点を踏まえて、巻子本の形式から導かれる復元は、次のようになろう。

Ⅰ、叢書『明月記』第一冊目で原表紙が遺る巻子本の一紙目は、本文が書かれていない単独の表紙である。しかし、第八巻は単独の原表紙がなかった。

［論拠］単独の表紙があったならば、最初に空欄にせず本文を他の巻子本と同じように右端をあまり開けずに書いたはずである。また、右端の破損状態と紙継目印が無いことからも、従来から原表紙が前に継がれていなかったことが判る。

Ⅱ、現状のように巻き込まれていたのではなく、折線1から折り返されて表面に出ていた。

［論拠］折線2を境にして汚れと破損が相違することで、折り返されて巻子の表に出て取り扱われていたことが判る。また、一紙目に年号が二度書かれているのは、はじめから最初の題が表へ出ることを想定して書いたためである。それも、紙背の文字が見えなくなる位置で折り返されている。

Ⅲ、折線1は、端から折り返して押え竹（竹へぎ・竹のひご・そげ竹、と同じ）を糊附けて八双（発装と同じ。後述）を造り、その中央に巻紐をくくり附けて巻き締めていた。

［論拠］右端から折線2までは幅も短く真ん中が四角状に破損している。1から2まで中央に擦り跡の筋がつき、さらに3まで背の紐巻き締め跡がついている。このことから、中央四角の破損が八双に結び附けた巻紐跡に一致することで、紐を附け巻き締めていたと判る。

以上の点をまとめると、この巻は、一紙目の右端縦折線1に押え竹をあてて折り返し糊附けして八双を造り、中央に巻紐を附け、三分一程の縦折線2で折り返し、紐で巻き締めていた。これを復元したのが図5（第一章54頁）である。

さらに叢書『明月記』第一冊目中に、この巻「建仁二年秋」と全く同じ装訂を復元できるものは無いが、それらしき装訂が遺されている。それが、第五巻「正治二年正月二月」の最後の二七紙目（前欠横寸法六・〇センチ）・二八紙目（横寸法二三・六センチ）・二九紙目（後欠横寸法二一・一センチ）の三紙である。この巻は「正治二年正月二月」一巻に、次の巻の三紙だけが貼り継がれている。二七紙目が題、二八紙目が見返、二九紙目が本文である。二七紙目が折り返されていたことが、二七・二八紙目の紙継目で虫食い跡が左右対称となっているので証明される。しかし、二八紙目が補修紙と見られているために、本来的な折り返しかどうか不安が遺るが、二七紙目と二八紙目がもと一紙で二七紙目が折り返されている装訂だったが、折り目で切れた時に、二八紙目を追加して同じように折り返したと推測出来る。今後の叢書中に同じ装訂の痕跡が見いだせるかもしれない。

筆者は巻子本を数万巻見てきたが、このような装訂は、国宝『後宇多院宸記』（歴史民俗博物館蔵）[4]や随心院聖教中の鎌倉時代書写『光明真言式』一巻の表紙が復元できる遺品である。この一紙目の一部を折り返して表紙にする方法は、定家筆『土左日記』奥書書誌の記述と一致する。

二　紀貫之本『土左日記』の装訂

後白河法皇創建になる蓮華王院は、法皇の蒐集品を納めた天下の宝蔵があることでも有名である。宝蔵に、紀貫之自筆本と称する『土左日記』一巻が所蔵されていた。文暦二年（一二三五）、藤原定家は貫之本『土左日記』を書写した際に、貫之本の詳細な書誌を奥書に記述している。その文章は、

文暦二年乙未五月十三日乙巳老病中
　雖眼如盲不慮之外見紀氏自筆
　　本蓮華王院宝蔵本
艸紙白紙不打無堺高一尺一寸三分許広
一尺七寸二分許紙也廿六枚無軸
表紙続白紙一枚端聊折返不立竹無紐
有外題　土左日記貫之筆
其書様和哥非別行定行に書之
聊有闕字哥下無闕字而書後詞」（丁裏）
不勘感興自書写之昨今二ケ日
終功　　　　　　　　　桑門明静

である。復元した『明月記』表紙と共通する記事は「表紙続白紙一枚」と説明の割注「端聊折返、不立竹、無紐、」である。従来この箇所をどのように解釈していたのであろうか。代表的な著述である池田亀鑑氏の大著『古典の批判的処置に関する研究　一部土左日記原点の批判的研究』[5]は、

五、表紙は白紙一枚を本文に続けた簡単なもので、その端は少々之を折返しただけで、竹も立てず、

紐もつけてなかつた。

六、表紙には外題があり、土左日記貫之筆と書いてあつた。但し定家はこの筆者については言明を避けてゐる。

と解説する。池田氏は他所で「表紙の端は少し折つて竹を挟み、紐を附けるのが普通であるが、土左日記にはただ少々端を折返しただけで、竹も立てず、紐もつけてなかつたとのことである。[6]」と普通の巻子本を想定されている。ほとんどの注釈書は池田氏の解説を踏襲している。さらに、橋本不美男氏は『原典をめざして[7]』で、

表紙は恐らく本文用紙の共紙を一枚前につけたもので、端をすこし折込んであったが、普通の巻子本にみられるように、折込みの中に竹のおさえは入って居らず、従って巻く紐もつけていない。

表紙の左端に『土左日記』と貫之筆で書名が書かれていた（外題）。

と巻子本の姿を復元する。割注の中でも重要な文言は「端聊折返」である。橋本氏は「折返」を「折込んであった」とし、折り込みが八双の一部と考え、竹のおさえがなかったとする。両氏とも一般的な巻子本であったと説明し、「折返」を八双と考えているが、わずかな竹ヒゴを折り込むだけの一センチ前後幅を定家は「聊」と云うのには狭すぎる。「不立竹、無紐」と言って、八双の部分は述べている。「端聊折返」とは表紙の部分そのものであろう。それならば、表紙の端をいささか折り返すとはどんな形状を現しているのであろうか。

「折込」は「折返」と全く正反対の行為である。「折る」意味は、内側でも外側でも折れる。しかし

「返す」とあるからには、小学館『日本国語大辞典』で『万葉集』第十七巻三九七三「春の野にすみれを摘むと白たへの袖乎利可敝之（ヲリカヘシ）紅（くれなゐ）の赤裳裾引き〈大伴池主〉」の歌などを引いて「おりかえす」の項目を「紙や布などを、裏が出るように折って重ねる。」と説明するように、折る人から見て裏が見えることが重要な点である。折り込む場合は、裏が見えない。巻子本では表紙を折り返すと、見返が表に出て表紙の部分になる。定家が詳述する貫之本『土左日記』の表紙折り返しは『明月記』の復元と同じように見返の部分に題があり、折り返されて外題になっていたと想定できる。

見返に題を書き折り返されて外題となった書名は、冊子本で言えば見返の内題に当たる。そうなると、内題は巻子本から冊子本への過程を示す遺風と想われる。この変化を検証するものに、巻子本で紐をくくり附ける八双が冊子本の表紙小口に、あたかも巻子本のように残存する平安・鎌倉時代の古典籍がある。

三　八双――内題は外題の遺風――

「八双」について、川瀬一馬氏は『日本書誌学用語辞典』で「おさえ竹と同じ。『おさえ竹』を見よ。」として、「押え竹[8]」の項目で、

押え竹　巻子本の表紙の端が損じないように添加した竹のひご。これは紐を定着させるためにも便宜である。巻子本の他、帖装のものにもこれがあり、西本願寺本蔵の原装三十六人集などはその

好例である。竹の代りに、表紙の左端の部分を折り曲げて一段高くし、押え竹の代りにしたものもある。これは冊子の形に多く用いられている。この押え竹の名残は後の古活字版盛行の時代にも、表紙の左端に空押しの線一本を施す所にまで及んでおり、公家の写本にはなお後までその風が残っている。古くは「おさえのふちだけ（打圧竹）」「まきもののそで（譚）」とも言ったと記す。冊子本に八双があるのは、巻子本の遺風だとすると、巻子本から冊子本へと変遷する形態を表現している。江上綏氏は西本願寺本『三十六人集』冊子表紙の小口にある八双について、

表表紙および裏表紙の發装の部分では、これらの裂が貼り合わされたまま、幅約半センチのそげ竹をはさむようにして、見返しの側へ折り返されている。

と報告している[9]。さらに、冊子本の押え竹の遺品として、重要文化財『（唐紙）私家集』（冷泉家時雨亭文庫蔵）がある。素性・兼輔・宗于・遍照・高光・小町の家集六帖である。昭和五十七年の重要文化財を指定した文化庁文化財保護部の解説[10]に、

冷泉家に伝来した私家集のうち、具引の唐草模様の唐紙に書写された綴葉装桝型本の六帖である。本文の筆跡は二者に分れるが、体裁は六帖とも、唐紙表紙の左端に竹の八双を付すなど共通しており、まとまって書写されたものと認められる。書風からみて、いずれも鎌倉時代中期の写本とみられるが、筆致には古態を残す部分もあり、体裁も料紙に唐紙を用い、表紙に竹の八双を備えるなど、平安時代の装飾本を模したとみられる点が多く、私家集書写に際して復古的姿勢のあったことがうかがわれて注目される。

とある。書写年代を鎌倉時代中期とするが、京都国立博物館で昭和五十七年六月三十日から八月一日まで開催された特別記念展示「冷泉家の生活と文化」の図録解説[11]では平安時代とする。筆者は平安時代後期の遺品と考えている。いずれにしても、古い様式を備えている。その箇所は、表紙表裏の両方の小口に巻子本表紙の様に平たい竹が折り込まれて糊附けされ、八双のようになっている。表紙をめくるとき、八双を持つ感触が巻子本を想わせる。

以上から、見返に書かれた内題を折り返すと外題になり、平たい竹を附けて八双として紐で巻く形が、第八巻「建仁二年秋」の『明月記』になる。そうなると、冊子本の内題は巻子本の外題の遺風であるといえる。

おわりに

『明月記』建仁二年秋のもと巻子本装訂は、一紙目に大きく題字を書き、端から三分一ほどより本文を書きはじめ、終ると軸を附けた。表紙は、端を少し折り返し、平たい竹を入れて八双を造りその中央に紐を附け、本文の前から折り返して題を表へ出して紐で巻き締めた形式であった。

蓮華王院蔵紀貫之本『土左日記』も、表紙を折り返しただけで紐を附けない簡単な巻子本と想われる。定家奥書「端聊折返」の記述にかなうのは、先述した第五巻「正治二年正月二月」部分の二七・二八・二九紙目の三紙のうち補修紙二八紙目を除き、二七・二九紙目を一紙として二七紙目を折り返すと、幅が六・〇センチの表紙となる。「聊」の幅の範疇に入るであろう。

このような装訂は、本文と一体化した簡便な方法で、古くから多く用いられていたと想像されるが、原形のままの遺品がなかったために、今までこの形式の巻子本を想定できなかった。遺らなかった原因は、折り返しの表紙部分が破損しやすく、扱っているうちに早くから取れてしまったことと、補修で表紙を附けられてしまうと痕跡が全く無くなってしまったことによる。

実際に復元した巻子を繙いたり巻き戻したりしてみると、折った二枚重ねの表紙が扱いやすく、紐が普通と反対の左巻きになり、繙いて巻く時に巻き込まれて扱いやすい。ただ、紐を巻き締めるときは方向が逆になるので少し煩わしい。

冊子本の見返に書かれている内題を折り返すと、『明月記』第八巻「建仁二年秋」の外題と同じ形式になる。見返内題がある古典籍は古い形式を持つと云い、巻子本から冊子本へ転換して行く過程で、巻子本の外題の形式が冊子本の内題に遺されたと想われる。

一紙目を折り返して表紙にすると、繙いた時は見返もなくすぐ本文になる。それを冊子本に当てはめれば丁裏に当たる。この観点から、本文が丁裏からはじまる古写本は、巻子本から冊子本への過程を物語っていることになる。

冊子本の完成は、内題も八双も無くなり、丁表から本文がはじまることで、巻子本からの完全な独立がなされたのではなかろうか。今後の課題として検証していきたい。

第四章　あしたづの歌と説話——説話と有職故実——

一　はじめに

藤原定家の日記『明月記』を研究していると意外な史料にあたる。史料から思いがけない結論が導き出されていく。特に、晩年に定家は、保存していた書状や書留類の文書の裏（紙背文書）を用いて『明月記』を清書（中書）し、百巻前後といわれる膨大な量を遺した。その紙背文書にあった。

安土桃山時代から江戸時代前期にかけて古筆の流行がおこり、古人の筆跡を求めることが過熱した。その中に『明月記』もさらされた。『明月記』の本体も断簡にされ、掛幅や手鑑に貼られている。さらに、紙背文書は俊成定家の控えや、西行を初めとする定家と交流のあった有名人の書状類を多く含んでいた。そこで、一枚の紙を表裏に剥いで二枚にする「間批ぎ」の技術により古筆切にされ、手鑑や掛幅となって多数伝存している。ここに検討する三通の古文書は、『明月記』から剥がされた紙背文書である。

その内容は、定家二十四歳の時、源雅行（一一四九〜一二〇〇）を宮中で殴打して勅勘を蒙り、出仕が止められた事件があり、父俊成が子を思うあしたづの歌を後白河院に提出して許された一連の文書である。

この事件は、勅撰集『千載和歌集』や『十訓抄』『古今著聞集』の説話集に収録されている。これらの史料から、貴族日記と説話との関係も解明できるのではないか。

二　殴打事件

事件が起こったのは、文治元年（一一八五）十一月二十四日夜、宮中においてであった。この日は、豊明節会の前夜に、予行演習が行われていた。当時の記録は、定家が家司になっていた九条兼実の日記『玉葉』(1)に記録されている。同年十一月二十五日条の全文は、

甲辰、雨下、豊明宴会也、大将欲参陣（昨日、頭弁於内裏云、大納言不参、必可出仕云々、）之処、午刻、召使来触云、大外記頼業申云、今日、内弁堀川大納言所被参也云々、仍大将不参陣、其由以消息、触光雅朝臣了、伝聞、御前試夜、少将雅行与侍従定家有闘諍事、雅行嘲哢定家之間、頗及濫吹、仍定家不堪忿怒、以脂燭打雅行了（或云、打面云々、）依此事、定家除籍畢云々、

と記す。源雅行は儀式次第に関して定家を嘲弄した。最初は口論であったが、雅行から一方的に罵倒された定家が、ついに堪忍袋の緒が切れてしまい、雅行を蝋燭台で殴打した。当たり所は顔ともいわれている。おお騒ぎとなり、ついには後鳥羽天皇がお聞きになり、定家に宮中出仕の禁止の勅勘を出した。

父俊成は心配のあまり、後白河法皇にあしたづの歌を詠んで奏上した。するとすぐに、院の返歌があり、勅勘が許された。その書状に添えられて、院から職事の藤原定長も一首添えよとの旨があり、歌が俊成のもとに届けられた。以上が事件の経過である。俊成七十二歳の時であった。

父の俊成は除籍になったことを、どんなに嘆いたであろう。第一人者の歌人である俊成にできることは、院に渾身の思いを込めた歌を進上することであった。その結果、子を思う父の思いを伝えることにより、勅勘を許された。

この事件は説話集に取られ、詠まれた歌が『千載和歌集』に入集する。

三　説話・千載和歌集

関連の歌が収録されている説話集は、建長四年（一二五二）頃に成立したといわれる編者不詳の『十訓抄』[2]（十ノ三十六）と、建長六年（一二五四）頃に橘成季が編集した『古今著聞集』[3]（巻第五、和歌第六、一九三）である。『明月記』寛喜二年（一二三〇）四月二十四日条の賀茂祭の記事に、

今日使共人催遣殿下近習侍五人云々、右衛門尉成季、（近習無双、故光季養子、基成清成等一腹弟、）

とあり、定家が橘成季を割注で「近習無双」と評価をしている。成季は定家の身近にいた人物であるため、説話集の原史料（後に述べる部類記）を直接に採訪できたと思われる。中島悦次氏[4]に、『古今著聞集』は『十訓抄』から後記抄入したとの考証があるが、ここで再度、両説話の比較を試みる。まず『古今著

聞集』の本文を挙げ、次に『十訓抄』と相違する部分を示した。本文は、

後鳥羽院御時俊成和歌を奏して定家勅勘を免ぜらるる事

後鳥羽院の御時定家卿殿上人にておはしける時、いかなる事にか勅勘によりて、こもりゐられたりけるが、あからさまと思けるに、其年もむなしく暮にければ、父俊成卿この事をなげきて、かくよみつゝ、職事につけたりけり。

あしたづの雲ゐにまよふ歳くれて霞をさへやへだてはつべき

職事、此歌を奏聞せられければ、御感ありて、定長朝臣に仰てぞ御返事ありける、

あしたづは雲井をさして帰なりけふおお空のはるゝけしきに

やがて殿上の出仕ゆりられにけり。

とある。相違点は、

①こもりゐられたりけるが―「入りこもられたりけるが」とある。

②父俊成卿―「父俊成三位」とある。俊成は、安元二年（一一七六）に出家して法名釈阿と名乗った。そうなると「三位」は後世の追記であろう。

③かくよみつゝ―「かくよみて」とある。この相違は、写本する際、草書によるものである。「つゝ」の草書は、連綿で書くと「て」の草体「て」〈古筆「筋字切」〉と同じになる。

④ありける―「あり」だけである。

⑤ゆりられに―「ゆりに」とあり、「られ」がない。

以上から推量されるのは、写本の系統から言えば、『古今著聞集』と『十訓抄』は、同一の史料に基づいて採訪されているか。または、『十訓抄』が『古今著聞集』から後記抄入した可能性もある。

この事件に関係する歌が、撰者俊成の『千載和歌集』[5]に収録されている。巻第十七雑歌中の一一五八番と次の一一五九番である。その本文は、

今上の御時五節のほど、侍従定家誤ちあるさまに聞し召す事ありて、殿上除かれ侍りける、その年も暮れにける又の年の弥生の一日頃、院に御気色給はるべきよし左少弁定長がもとに申侍りけるに添えて侍ける

入道皇太后宮大夫俊成

あしたづの雲路まよひし年暮れて霞をさへやへだてはつべき

このよしを奏申侍りければ、いとかしこくあはれがらせおはしまして、今ははや還昇おほせ下すべきよし御気色ありて、心晴るゝ由の返し仰せ遣はせと仰せ出だされければ、よみてつかはし侍ける

藤原定長朝臣

あしたづは霞を分けて帰るなりまよひし雲路けふや晴るべき

この道の御あはれみ、昔の聖代にもことならずとなむ、時の人申侍りける

とある。説話集と同じ内容である。息子定家の勅勘を心配した俊成が、左少弁定長を通して後白河院に許しの歌を奉った。すぐに院の許しが出て出仕する旨を伝える時、院が定長に心晴れる歌を添えて俊成に伝えよとの命があり、定長の歌も添えて伝えた。

これらの歌の原史料三通を見いだすことが出来た。いずれも藤原定家の日記『明月記』の紙背文書として残されていた。ここに原史料を紹介し、説話集の性格を検討する。

四　紙背文書――間批ぎ文書――

この三通の書状は、いずれも『明月記』の紙背文書であった。この根拠は、①紙継目印の長政印、②折本の折線と綴穴、③紙面に裏面本文の滲みが見える、④剥がされていることである。

古筆の流行により、『明月記』の紙背文書も寛永五年（一六二八）以前（第六章参照）に剥がされており、剥がす前に、[6]前もって縦二・七センチ、横一・八センチ二重郭の長方印で陽刻「重政」黒印が紙継目に捺されている。紙背文書のない巻には捺されていない。剥ぐためには、まず紙継目を剥がして一枚ずつにしなければ作業ができない。剥がさなかった文書は、もとの巻子に戻す必要があった。そこで、重政印を任意に継目に捺し、巻子に貼り戻すとき、離れた印を合わせることにより、自然に順番通りに復元することができるようにしたと思われる。

また、『明月記』の多くの巻子は利用するために折本になっていたが、寛永五年（一六二八）頃に紙背を剥すために、折本を巻子に戻している。折本のときに、単に折りだけの場合もあるが、折りが暴れないように折谷に一穴か二穴を開けてバインダーのように紐で輪の状態で綴じていた。小刀や千枚通しで開けた綴穴と綴穴と間に、青色紐の摺れ跡が残っている。また、紙背を剥がしたため、『明月記』の本文の滲みとなって反対文字が見える場合もある。

剥がされた文書は、陽明文庫蔵『伝坊門局消息』一幅のように、重政印が両側にはっきりと残ってい る例もあるが、ほとんどが擦消されている。印の有無の判断は難しい。が、紙継目を触ると、印を擦消した箇所にはざらざらした感触がある上、そこを熟視すると印が確認できる。宮内庁三の丸尚蔵館蔵の有名な『西行書状』一幅は、両端に小刀等で擦消した墨痕が点々と残されている。その墨点をたどると、重政印の長方形の半形になる。本紙にも、剥がされた痕が見え、裏面の本文墨の滲みも認められる。そうなると、定家は西行の書状を後世に遺す意味もあり、『明月記』の書写に用いた。さらに、『紙本墨書藤原定家自筆中文（転任所望之事）』一幅（重要文化財、東京国立博物館蔵）は、印の擦消や剥がされた痕跡と折本の時の折線痕が確認できる。

以上のような事実を踏まえ、この三通を検証する。

五　あしたづの歌原史料

三通の書状の釈文を挙げる。いずれも所蔵者は異なる。
①『藤原俊成自筆書状三月六日左少弁殿宛』重要文化財、香雪美術館蔵。平成二十八年に重要文化財に指定されたが、他の二通も、もとは一組の文書である。指定名称は『自筆書状』としているが、院から俊成書状が返されることは勅勘にあたいする。俊成が控えていた自筆文書として、筆者は「藤原俊成自筆中文案」

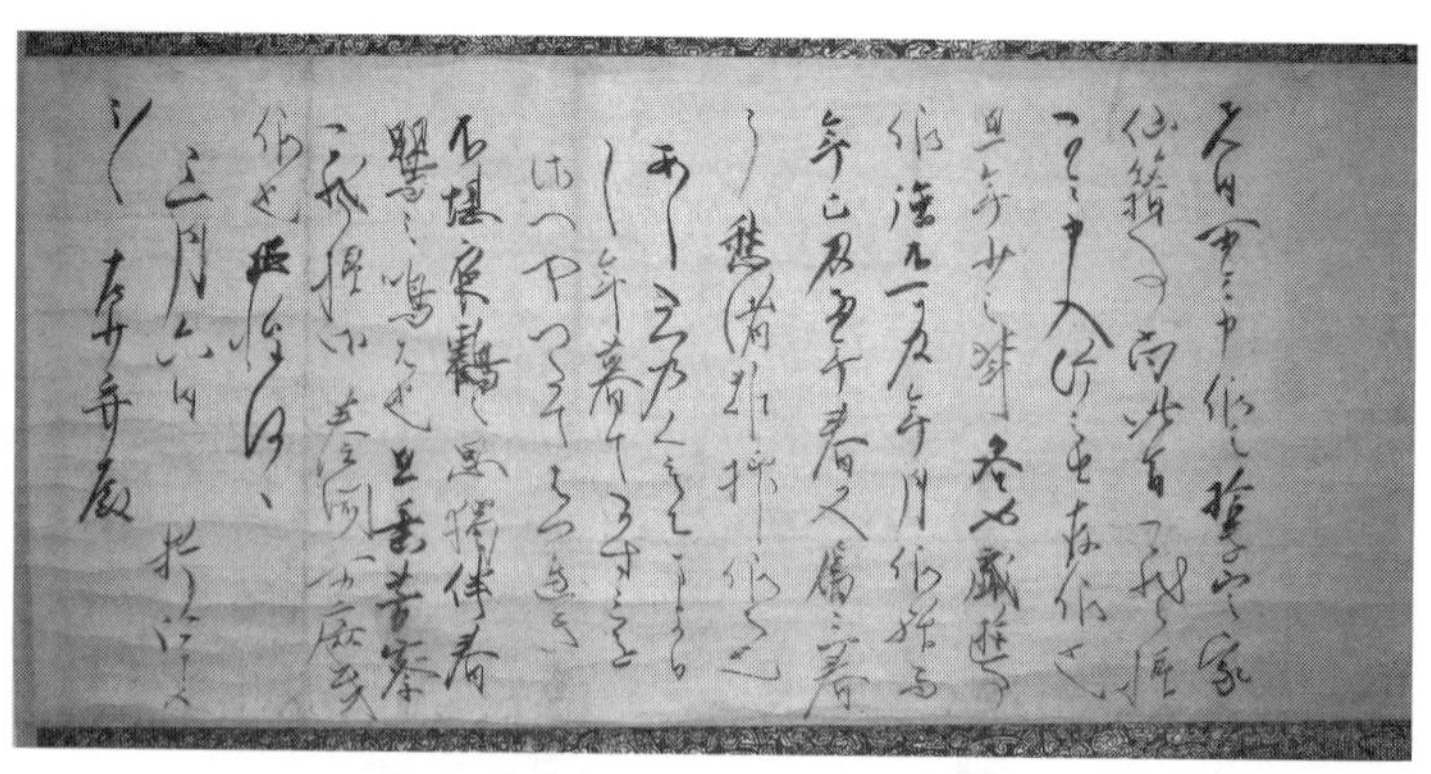

図８　藤原俊成自筆書状（香雪美術館蔵）

とする。

先日、所令申候之拾遺定家
仙籍事、尚此旨、可然之様、
可令申入給之由、存候也、
且年少之輩、各如戯遊事
候、強不可及年月候歟、而
年已及両年、春又属三春
了、愁緒難抑候者也、
　あしたつのくもちまよひ
　し年暮てかすみを
　さへやへたてはつへき
不堪夜鶴之思、独伴春
鶯之鳴者也、且垂芳察
可然之様御　奏聞、所庶幾
…………（紙継目）…………………
候也、恐惶謹言

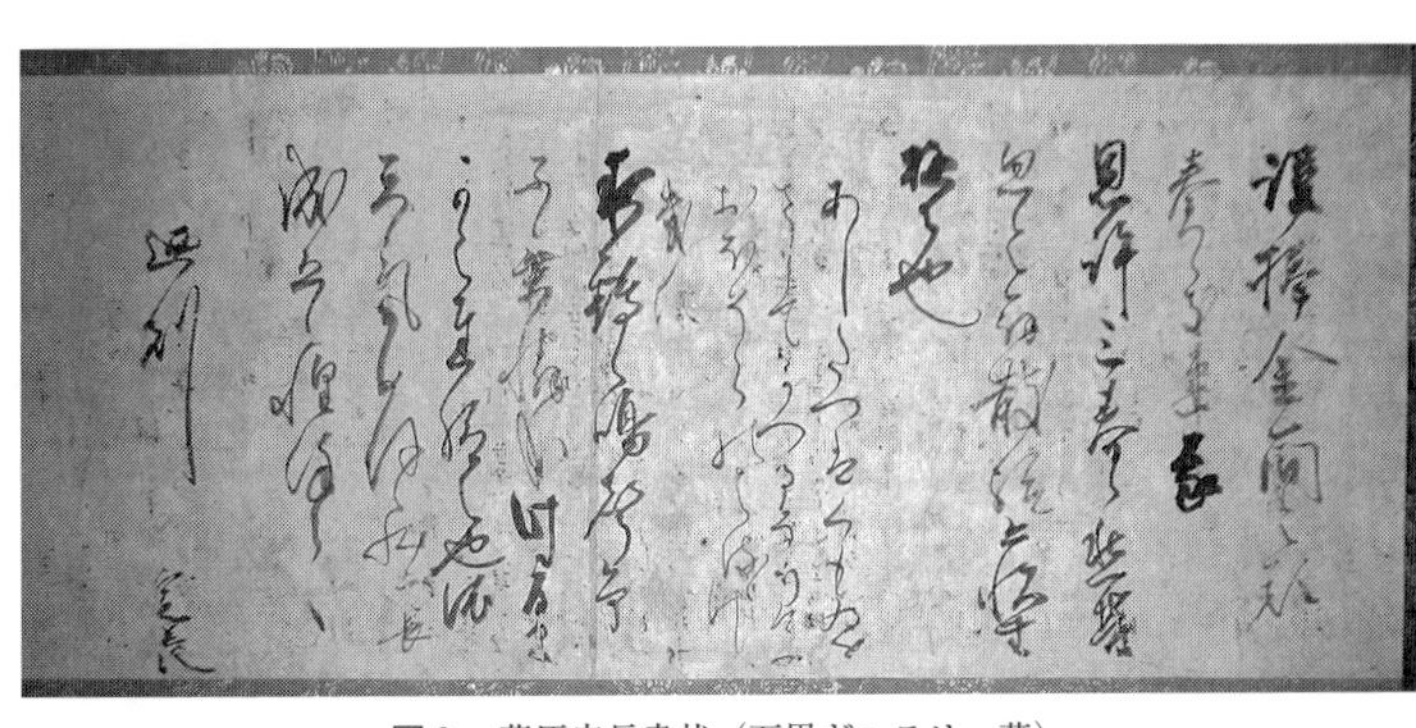

図９　藤原定長書状（石黒ギャラリー蔵）

三月六日　　釈阿申文

謹上　左少弁殿

とあり、俊成自筆として、俊成の法号「釈阿申文」として『古文書時代鑑』に載せられた有名な書状である。俊成は、左少弁の藤原定長に宛てて、後白河院へ訴えた。拾遺の侍従定家の仙籍が剥奪された事件を年少の戯れごととして、親が子を思うあしたづの歌に思いを込めて書いた。

法量は、一幅、二紙、縦三〇・三センチ、全長六七・五センチ（一紙目五四・五センチ、二紙目一三・〇・〇センチ）である。紙継目印を擦消した跡が見える。折本だった時の折線と折谷に綴穴が一行目の「之」の左脇の少し離れた箇所と二行目「旨」の左脇上にも確認でき、『明月記』の紙背文書であった。そうなると、これは院に提出した原本ではなく、俊成の手元にあった控えの申文であった。冷泉家も江戸時代まで重要な書状は、花押まで書いた原本通りの手控えを遺している。

②『藤原定長書状』石黒ギャラリー蔵。

謹捧金簡之難、

奏之処、速蒙
恩許三春候、愁鬱
忽令発散給、且悦無
極者也、
　あしたつはくもゐを
　さしてかへるなりけふ
　おほそらのはるゝけし
　きに
夜鶴之鳴声、争
…………（紙継目）…………
子棄懈哉、此旨、忽
可令達給者也、依
天気如何候歟、定長
誠恐ヽ惶謹言
　　酒刻　　　　定長

この文書は、昭和四年五月、「二四寂蓮雲井歌入文」と題して『藤田男爵家蔵品入札目録』に写真が載せられて以来、世に出ることがなかった。文書名は「寂連雲井歌入文」とある。寂蓮は俊成猶子の藤

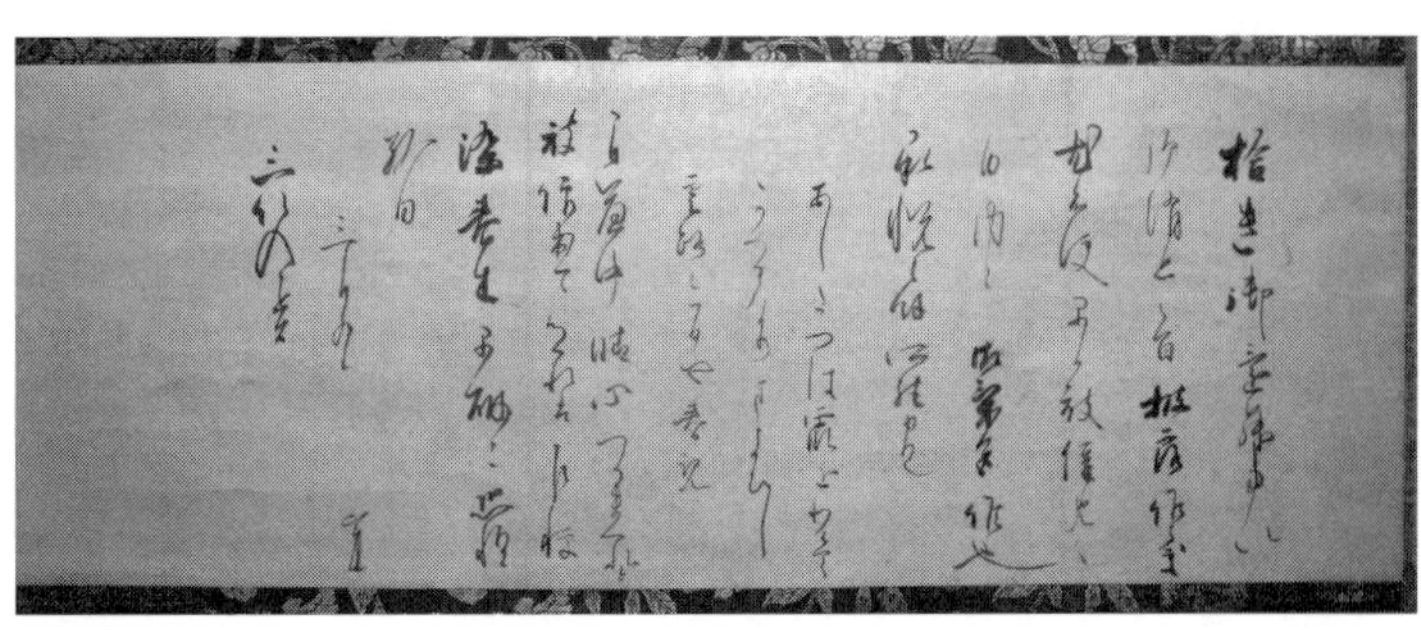

図10　藤原定長書状案（個人蔵）

原定長の法号であるが、別人である。この藤原定長（一一四九～九五）は、光房の子息、正三位参議で、後白河院の使いとして四人平重衡訊問にあたる人物として『平家物語』（巻十）に登場する。俊成の書状に対して、「定長誠恐、惶謹言」とあり、書状に名前を入れた正式な形式を踏んでいる。俊成の歌の、子を思う夜鶴が院へ伝わり院が感激した旨と、あしたづの歌を詠じた返歌の書状が即刻定長より届けられた。

法量は、一幅、二紙、縦二八・一センチ、全長七〇・一センチ（一紙目四〇・一センチ、二紙目三〇・〇センチ）である。紙継目印を擦消した跡が見える。折本だった時の折線と折谷に綴穴が四行目の「散」の左右脇下に確認でき、『明月記』の紙背文書であった。

③『藤原定長書状案』個人蔵。

　拾遺御還昇事、以
御消息之旨、披露候之處、
尤不便、早々被優免之
由、内々　御気色候也、
承悦之附、卿罷申也、

あしたつは霞をわけて
かへるなりまよひし
　雲路今日や春覧
自簾中晴心つかまつれと
被仰出て候つれは　乍憚
…………（紙継目）…………
染春木、早披ヽ、ヽ　　恐惶
敬白
　　三月九日　　定長
三位入道殿

この書状は、平成十六年十一月『東京古典会大入札会目録』九頁に掲載され、作品名は「寂蓮書状」とあるが、②と同じ定長である。定家の昇殿を許される「還昇」を願った俊成の書簡が披露された結果、御気色があって許されることになったことを伝える書状である。その折、院から「晴心つかまつれ」と言われ、春木の筆を染めて定長も詠じて、あしたづの歌を添えた。

法量は、一幅、二紙、縦二九・一センチ、全長八三・六センチ（一紙目五一・一センチ、二紙目三二・五センチ）である。紙継目印を擦消した跡が見える。折本だった時の折線と折谷に綴穴が二行目の「披」の左脇上と三行目「被」の左脇上に確認でき、『明月記』の紙背文書であった。また、②と同じ定家の書状であるが、筆跡を比較すると全く相違する。この書状は筆運の弱さや署名から当時の写しであるが、定家は本物と同じ価値を持つものとして『明月記』紙背文書に用いた。

特に、内容は、勅勘を許す旨の「還昇」が記されている。昇殿がゆるされた時期は、三年の「三春」といって文治四年や五年の説もあるが、定長の左少弁任期は、文治元年十二月二十九日より翌二年十二月十四日までである。[7]そうなると、翌年の三月にはすでに許されていた。

現在、刊行される諸本の間で、後白河院の歌と定長の歌の比定が揺れ動いているため、三首を比較する。

〔俊成歌〕
『俊成申文案』　あしたづのくもちまよひし年暮て　かすみをさへやへたてはつべき
『千載和歌集』一一五八　あしたづの雲路まよひし年暮れて　霞をさへやへだてはつべき
『十訓抄』　あしたづの雲居に迷ふ年暮れて　霞をさへやへだてはつべき
『古今著聞集』　あしたづの雲ゐにまよふ歳くれて　霞をさへやへだてはつべき
〔院歌〕
『定長書状』　あしたつはくもゐをさしてかへるなり　けふおほそらのはるゝけしきに
『十訓抄』　あしたづは雲井をさして帰なり　けふおほ空のはるゝけしきに
『古今著聞集』　あしたづは雲井をさして帰なり　けふおほ空のはるゝけしきに
〔定長歌〕

『定長書状案』　　あしたづは霞をわけてかえるなり　　まよひし雲路今日や春覧
『千載和歌集』一一五九　あしたづは霞を分けて帰るなり　　まよひし雲路けふや晴るべき

比較すると、二箇所が相違する。一箇所は、俊成歌の『申文案』が「まよひし」で説話が「まよふ」である。「ひし」は「悲し」の草体により、説話は「ふ」と読んだと思われる。もう一箇所は、定長歌の『千載和歌集』が「べき」で『書状案』が「覧」である。しかし、國學院大学蔵『千載和歌集』の冷泉為久筆写本には「らん」となっている。そうなると、三通の書状が『千載和歌集』や説話集の原史料となる。

さらに、この比較により、二種類の編纂史料があったと思われる。一つは、俊成が編纂した撰集史料に用いた『俊成歌』と『定長歌』である。もう一つは、定家が部類記を編集したものから説話集に採られた『俊成歌』と『院歌』である。事件の原因を『千載和歌集』では、定家を「過ちあるさまに聞し召す事ありて」とある。が、説話集では「いかなる事にか勅勘により」と、事件そのものには触れていない。また、定長の二通の書状が筆跡を異にしている。『定長書状』が正文で、『定長書状案』が写しである。『案』の正文は撰集史料に使われたと思われる。『千載和歌集』の定長歌の詞書に、「心晴るゝ由の返し仰せ遣はせと仰せ出だされければ」とある文面は、『案』の「自簾中晴心つかまつれと被仰出て候つれは」を踏んで書かれている。説話では、定長のこの文面は参照されていない。そうなると、『千載和歌集』と『十訓抄』『古今著聞集』が用いた別々の記録帳があったと思われる。この記録帳は、日記でいう部類記にあたる。

『明月記』の前期の一部が部類されていたことは、建保二年（一二一四）から元久元年（一二二四）までの日記はないが、その期間の年中行事の記録が、『為政録』等の部類記に採られている。また冷泉家時雨亭文庫蔵の国宝『明月記』の中にも、『建久九年十二月臨時祭記』や『建久三年三月四月五月記』が後白河院崩御記に編集されている。

六　貴族日記と説話――有職故実と部類記――

『古事談』『続古事談』や『古今著聞集』などの説話集は、貴族日記から多くの題材を採録している。説話の出典の貴族日記は、ほぼ解明されている。しかし、編者の日記原本から直接に採訪したのであろうか。

例えば、藤原道長の三女の威子が、後一条天皇の中宮になった宴で詠じた道長の「この世をば」の和歌は、『続古事談』(8)（巻一―二五）に収録されている。しかし、この和歌は、道長の日記『御堂関白記』に見えず、小野宮右大臣藤原実資の日記『小右記』にしか記録されていない。しかも『小右記』は、関白藤原忠実の言談を中原師元が筆録した『中外抄』(9)上に、

只公事をうるハしく可書也。さて日記を不可秘也。小野宮関白ハ依蜜日記無子孫。

と、『小右記』は秘密にしていたから子孫が絶えたという。秘密にしているものを下級の官人である橘成季等の編者達が、直接に『小右記』を読んで採訪したのであろうか。また、あしたづの歌関係史料を

採訪することができたのであろうか。ましてや『明月記』の紙背文書に利用されていた史料である。説話の編修者は、『小右記』や『明月記』を直接閲覧することは不可能であろう。読めないならば、別のものを見ていたはずである。それが有職故実書の典拠になった日記の部類記である。

筆者は第二章で、律令制度が崩壊していく過程から貴族社会が生まれ、それに伴い、摂関家・羽林家等の家柄の固定化により、各家による宮仕を記録する日記が必然的に書かれた後に、公事や年中行事等を部類して、宮仕の参考にされるようになり、各家による部類記が一種の現行法的な役割を帯びていた(10)ことを論述した。その観点から見ると、日記より部類記が一般に流布していたのである。

このような状況下で、『明月記』が中書される際に、大切な書類を紙背に用いて後世の証拠書類とした。また、世の中に知ってもらわなくてはならない事件等による部類記が編修された。『中外抄』上に、

西宮、北山抄ニハ凡作法ハ不過。其外家の日記の可入也。

とあり、『西宮記』『北山抄』の有職故実書と日記が同一に位置づけられている。また、『古今著聞集』の序文の冒頭に、「夫著聞集者、宇県亜相巧語之遺類、江家都督清談之余波也」とあり、『宇治拾遺物語』と『江談抄』を挙げている。『江談抄』は『江家次第』を編纂した有職家の大江匡房の聞書である。定家も『明月記』を自らの宮仕の参考にする有職故実書と思っていた。

このあしたづの歌も、まず撰集史料としてまとめて、さらに故実書として部類記に編修された。説話は部類記から採訪したと思われる。成季は、前述の『明月記』寛喜二年（一二三〇）四月二十四日条の割注に「近習無双、故光季養子、基成清成等一腹弟」とあり、近習として無双の人であった。それだけ

に、定家の編纂したあしたづの歌の部類記を、編者達は読むことができたであろう。

『千載和歌集』は、文治四年四月に奏覧され、あしたづの歌も巻第十七の還昇の最後に付けられた。この三通も撰集の編纂史料として使われていた後、この「還昇」の項目で部類されていたと思われる。また、院から俊成の歌が少ないとの指摘により、歌を加えた中にあしたづの歌があったと想われる。この三通の文書は『明月記』が中書される晩年まで、定家の手元に保存されていた。

本来であれば、知られたくない宮中での喧嘩に端を発した「あしたづの歌」の一件が、説話集に収録され公になったのは、「この道の御あはれみ、昔の聖代にもことならずとなむ、時の人申侍りける」と、歌による還昇が世の評価を得たことにより、あしたづの歌が故実として成立したためであった。

七　まとめ

『明月記』紙背文書の『俊成申文案』『定長書状』『定長書状案』『玉葉』『十訓抄』『古今著聞集』『千載和歌集』の合計七件を検討してきた。これらの史料をまとめてみる。
一、文治元年十一月二十四日事件起こる。（『玉葉』）
二、文治二年三月六日に俊成が定長に宛ててあしたづの歌を後白河院に奏上した。（『俊成申文案』『千載和歌集』『十訓抄』『古今著聞集』）
三、同六日に定長から院への歌が添えられて、勅勘が許されるように図る旨が伝えられた。（『定長書状』

『十訓抄』『古今著聞集』）

四、同年三月九日、定家の勅勘が許される書状が定長から伝えられ、それに伴い定長の歌も添えられた。（『定長書状案』『千載和歌集』）

あしたづの歌は、まず『千載和歌集』撰者俊成の編纂史料としてまとめられた。そのあとに、定家の編集による部類記（説話集に採訪）にも編纂された。さらに、原史料は、『明月記』の中書に用いられて、紙背文書となり伝来した。

宮仕には貴族達や家司層、さらに地下官人等の多数の人々が携わっていた。その参考書であった『明月記』をはじめとする家の日記は、家柄に沿った有職故実書の性格を持っていた。貴族日記から作られる部類記から採訪する説話は、宮仕に携わる下級層の故実を知る参考書の性格を持っていた。たとえ読めなくても耳で聞いていたか、聞かされていたと思われる。

中世貴族日記から説話を概観すると、説話は文学書であるが、有職故実書としての側面を持っていた。

第五章　藤原定家自筆本『拾遺愚草』の書誌的研究

はじめに

歌聖藤原定家の『拾遺愚草』三帖は自撰私家集である。希有なことに、定家自筆『拾遺愚草』が、定家を祖先に持つ冷泉家の秘宝として伝わっている。原本は、冷泉家が設立した公益財団法人冷泉家時雨亭文庫蔵となり、国宝に指定されている。

近年、影印本出版による冷泉家時雨亭叢書中に二冊本[1]にまとめられて刊行された。解説は久保田淳氏が担当された。調査のおりに筆者もお手伝いをした。氏は解説中で筆者の説を引用してくださった。書風・押紙等の書誌的な事柄である。書誌については、

綴葉装。全帖厚手の雁皮紙。各表紙は、茶斐紙金銀砂子散霞引。上帖は、一四括各括七紙一四丁、三括目のみは八紙一六丁、一〇括目四丁裏に短冊を糊附した後に糸綴で附ける。中帖六括、各括七紙一四丁。下帖一一括、各括七紙一四丁、八括目一三・一四丁、九括目一丁目切除、九括目二丁目は切断した後に、丁表の書き損じた料紙（丁裏が白）を間批ぎした料紙を二丁目表に糊附け、一一

括目一〇・一一・一二・一三丁目、四丁切除。

以上に尽きるが、氏へ提示した自説の部分を中心に、書誌的な表紙・附箋・切除・間批ぎ・押紙・書風・親本等について、解説と重なるが、再度検討をする。本文の丁数等は冷泉家時雨亭叢書にならっており、叢書の影印本を参照していただきたい。

一　表紙料紙

表紙

現在、共紙表紙に貼られている茶斐紙金銀砂子散霞引料紙は、定家当初の原表紙のままであろうか。現在の表紙を調べてみると、

①各表紙料紙とも、小口より一センチ位内に折線あり。
②見返裏に、折線幅と同じ糊附け跡あり。
③表紙料紙の綴じ方は、綴目まで斜め線に切られて差し込まれている。
④墨書題「上・中・下」は手ずれで白く成っている処に直書されている。
⑤直書は折線上に掛っている。この折線は、はじめに表紙を共紙表紙へ小口側に折込んで糊附けされていた部分である。

一般的に綴葉装の表紙は、清書を完了した後に、括目を合わせて綴じる際に表紙料紙も綴込み、共紙

表紙へ表紙幅に折返し、折返された部分に糊を附けて共紙表紙へ貼附ける。本書の表表紙は、見返へ折り込んで貼附けされていたり、綴目が差し込み式になっていたり、修理が行なわれた。

現在の表表紙料紙に当初は直書の「上・中・下」が書かれていなかった。時間の経過とともに、表紙料紙が擦れの破損や乾燥で糊離れした。そこで修理の為、中に折り込まれていた料紙を、肩上げを下ろすようにいっぱいに出し、一括目と二括目の間の糸綴中へはずれない様に斜めに切り込みをいれて差し込んだ。その上で「上・中・下」を直書した。同様な表紙折線上の直書のある典籍を例示すると、

①国宝『古今和歌集』（定家筆本）[2]。

②国宝『後撰和歌集』（定家筆本）[3]。

③『拾遺和歌集』（定家筆本）[4]。

④『散木奇家集』（定家筆本）[5]。

以上の定家筆三代集の外題は、ともに同じ筆跡である。冷泉家時雨亭叢書に収録された他の定家筆本私家集にも、同じ過程をへた表紙折線がみえている。

このような行為は、いつの頃か不明であるが、修理が行われている証拠である。

附箋

中帖五二丁表「おほゐかは丶丶丶」附箋は表紙料紙と同じ料紙で、「賣」と書いてある。また、左隣に同筆で「續後」と集附が書かれている。集附の「續」の字は、「賣」の部分がなぞられている。附箋

「賣」と集附との関係は、次の様な順番で現在に至っているのであろう。
①表紙料紙を貼り附ける頃に、同じ料紙を用いて附箋を貼る。
②しばらくして、附箋の上から「續後」と書く。
③ある時期に、附箋が剥れたため、その脇に貼られる。
④欠字になった文字をなぞる。

この過程は、宝治二年（一二四八）に藤原為家が後嵯峨上皇から撰者に任命され、撰集作業に入って『拾遺愚草』の候補の歌に表紙と同じ料紙の附箋が貼られた。入撰した歌は、『続後撰和歌集』奏覧の建長三年（一二五一）以後に附箋の上から集附が行われた。同様な例で、上帖一七五丁裏「終夜月に」の上に「續後」の「糸」偏が掛かって書かれているのも証拠になる。また、表紙と同じ料紙の銀箔の部分を用いた銀箔附箋にも同様な集附の跡が見える。上帖一四三丁表「山本の」銀箔附箋は、附箋後「續後」が書かれた後に、同様な附箋を脇に糊附したことが、前丁に反転した初めの位置跡が残されているので判明する。上帖一四五丁裏「葦の屋に」銀箔附箋は、「續後」の「續」が掛かっている。

以上から『続後撰和歌集』奏覧前の建長三年以前に、為家は、茶斐紙金銀砂子散霞引料紙で共紙表紙の小口に表紙料紙を折り込んでから糊附をした。その時は、「上・中・下」の墨書題はなかった。いつの時代にか（為家も含めて）表紙料紙表裏共に各帖から糊が離れてしまった。そこで、見返に折込んで糊附けした料紙を一杯の一センチ位出して、綴穴から抜けないように折り込み幅だけ綴穴まで切込を入れて再度固定化した。出した元の折線の上に「中」の字がくるように直書をした。

他の附箋は金箔・銀箔・白楮紙・絵入り・長形横筋入りである。金・絵・白楮紙・長方形は、年代を推量する史料を欠き不明ではあるが、紙質から江戸時代のものであろうか。

二　切除

定家十九歳の治承四年（一一八〇）九月条「世上、乱逆追討、雖満耳、不注之、紅旗征戎、非我事、」と記述する。もとになったのは『白氏文集』十七「劉十九同宿時准寇初破。」の「紅旗破賊非吾事。黄紙除書無我名。唯共嵩陽劉処士。圍棊賭酒到天明。」である。定家は、「破賊」を「征戎」に改めて用いている。白居易が呉元済の乱に際しての詩文から、源平争乱の時代の古代から中世に大転換期を表現している。身の処し方と和歌の道にかける表現である。一方では出世を願い、遅いことを嘆く定家でもあった。後年、承久の乱にかかわる歌を削除した行為からも政治の対応の仕方がうかがえる。

下帖には丁の切除が見られる。切除は、括数から言えば八括目最後の二丁と九括目の最初二丁と一一括目の四丁の三個所であるが、八括と九括は続いて切除されているので、切除個所は二個所になる。

第一表　丁数構造表

（丁を切除する際、綴目から切ると反対に附いていた丁も本体からはずれるため、五ミリ幅を遺して切除する。また、遺された部分へA・B・C・Dを附して説明する。一紙が折られて二丁になるので対応して丁数を示した。）

「九括目」

七紙目	一一六丁（見開）	一一五丁
六紙目	一一七丁	一一四丁
五紙目	一一八丁	一一三丁
四紙目	一一九丁	一一二丁
三紙目	一二〇丁	一一一丁
二紙目	一二一丁	切除D一一〇丁
一紙目	一二二丁	切除C押紙糊附

「八括目」

七紙目	一〇五丁（見開）	一〇四丁
六紙目	一〇六丁	一〇三丁
五紙目	一〇七丁	一〇二丁
四紙目	一〇八丁	一〇一丁
三紙目	一〇九丁	一〇〇丁
二紙目	切除B	九九丁
一紙目	切除A	九八丁

「十一括目」

七紙目	一四四丁（見開）	一四三丁
六紙目	後遊紙	一四二丁
五紙目	切除	一四一丁
四紙目	切除	一四〇丁
三紙目	切除	一三九丁
二紙目	切除	一三八丁
一紙目	裏表紙	一三七丁

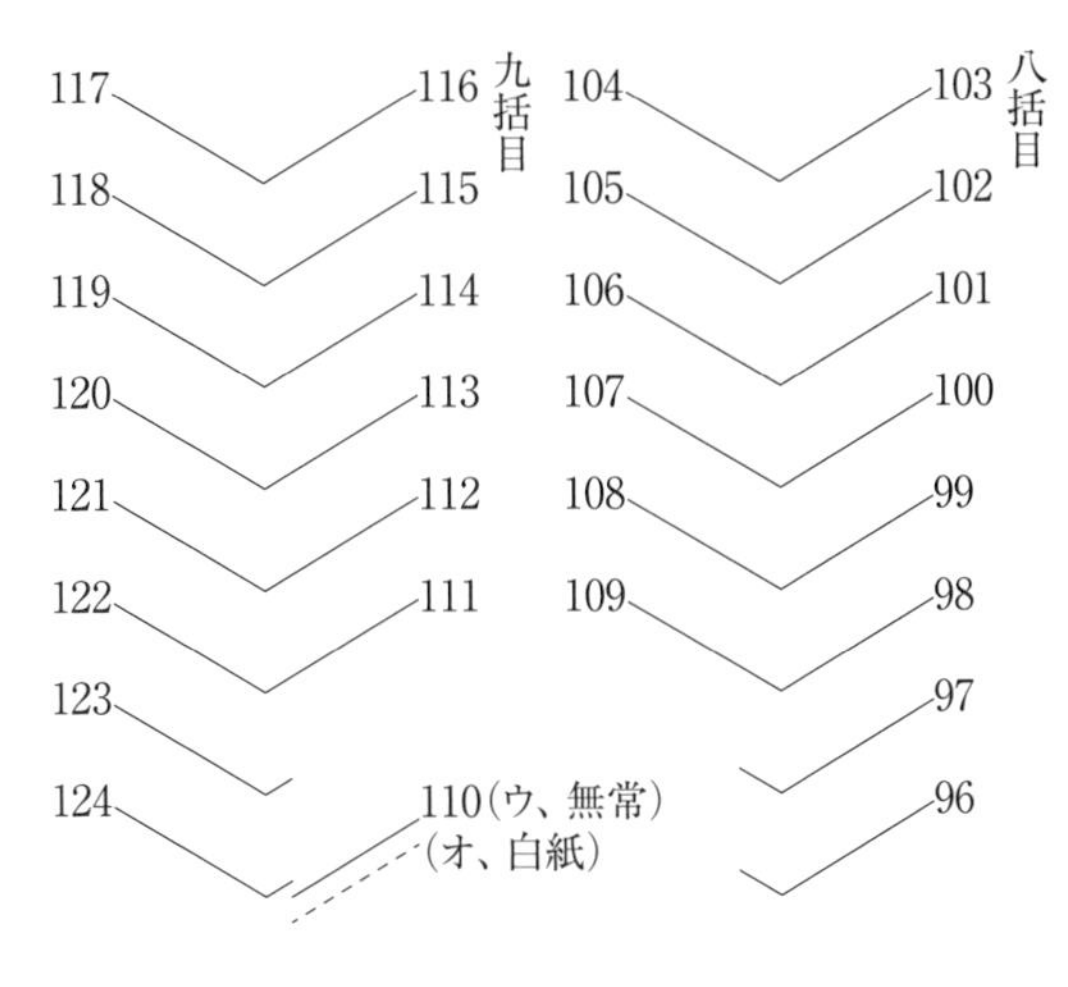

一一〇丁目の表は白、裏は「無常」以下の文章あり。この丁は、〇・〇一センチ位の厚さである。

十一括目の最後の切除四丁は、ギザギザに切られている。表具の専門家ではない切り方である。可能性としては、切除した丁に何か書かれていた為の行為も考えなくもない。しかし、あったとしたならば異本等（『六家集』所収本等）に何か書かれて伝えられたであろうが、そのような形跡はない。

そうなると、遁世歌を記した後に、増補できないように定家自身が切除した。それは、俗世界の歌の完成の意味を込めていたに相違ない。本の形態から見れば、後遊紙一丁を残して、冊子本の完成を意味した。

次に、八括目と九括目の切除を冷泉為臣氏は解説[6]で、

> 第三冊雑歌の巻は、十一帖、百四十九枚になつて居り、第百九と第百十枚との間の一枚は、元を一分計り残して切り取られてゐる。そしてその残された一分程の所に、もとこの一枚には少なくとも一首以上の歌が

書かれてあつた如く卿筆と同（思カ）はれる墨痕の端が残つてゐる。

と記述する。しかし、丁数構造表に明らかのように四丁切除一丁（丁裏書写）増補で三丁半の文字の切除になる。いかなる事情によるのか。注目したいのは糊附けされた一一〇丁目である。この丁は、丁表の表面が他の紙から比べると紙質が薄い状態で、批いだ地の表面の荒さがあり、何となくざらついている。それは、間批ぎされた料紙を用いているためである。間批ぎとは、一枚の紙を二枚や三枚に分離する行為である。この技術がいつの時代からあるのかは不明である。

四丁分切断除去したが、「無常」の歌を遺す為に、新たに白紙を用いようとした。しかし、両面ともに、白い紙は無く、他本の書き損じてしまった丁裏だけ白の紙しか無かったのだろう（料紙の重ねた分だけ余計に横幅を取っている）。そこで、一丁分の料紙（綴目から小口の幅）を批いで、D丁表に糊附した。挿入した白紙裏（一一〇丁）へ「無常」歌を書き入れた。糊附した後に書いたのは、両方の紙の面に「於」「殿」の字が続いて書かれている事で判明する。また、間批ぎされた紙を用いた例として、時代が確定できる最古の遺品になる。

四丁分切除して一丁間批ぎ紙を挿入した経緯はどのような事情があったのであろうか。切除箇所に挿入した押紙が物語っている。

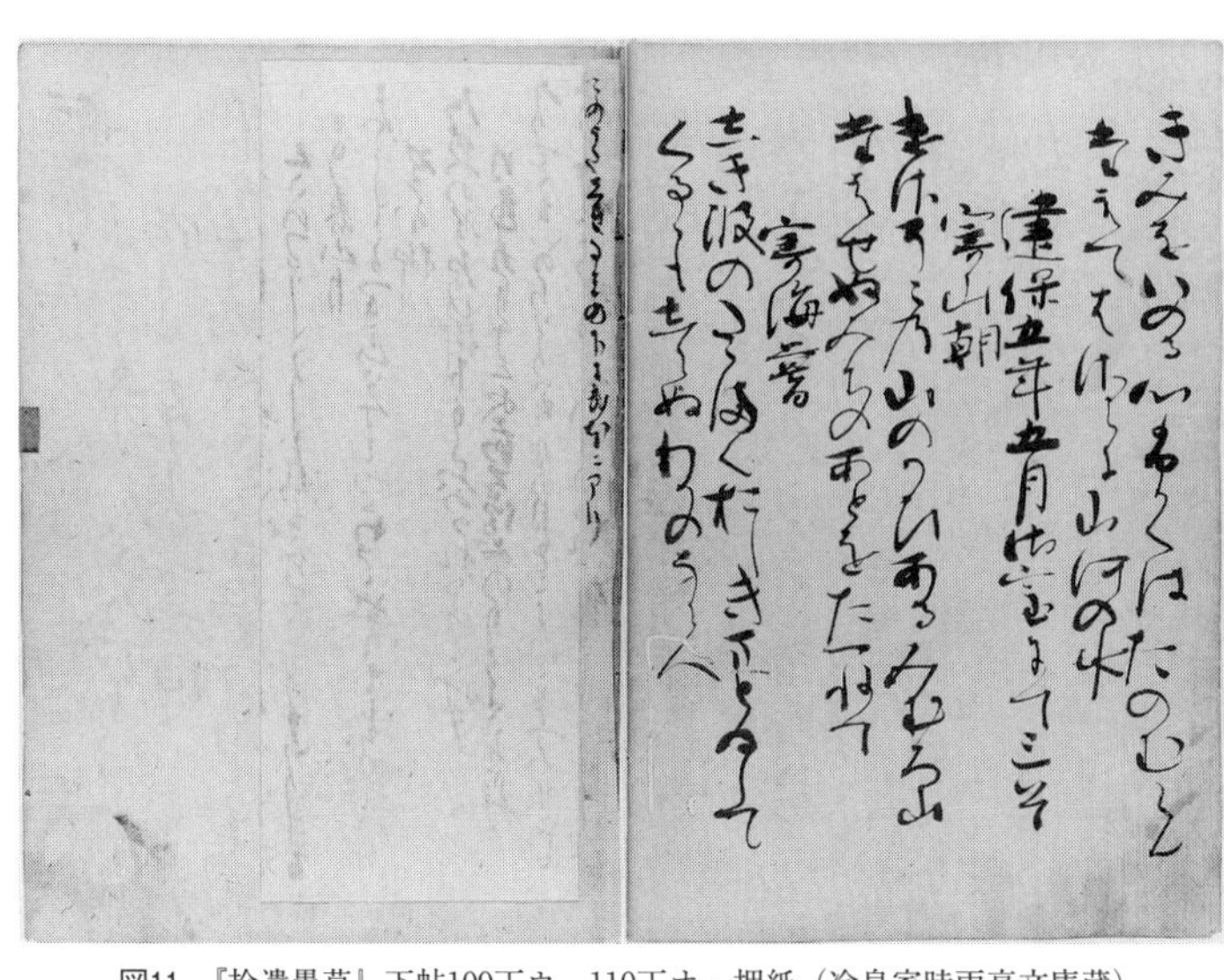

図11　『拾遺愚草』下帖109丁ウ、110丁オ・押紙（冷泉家時雨亭文庫蔵）

三　押紙

まず、押紙については、三帖のうち上帖一カ所・下帖に四カ所の五カ所に貼附けられている。押紙は「或本」と明記して、本文と違う異本との異同を注記する。

A上帖一三一丁ウ短冊裏「タルニテアルヘシ如事」

B下帖九一丁オ「かきりあたむゝゝゝ」

C下帖一〇〇丁ウ「賀茂社哥ゝゝゝ」

D下帖一〇二丁ウ「或本此哥ゝゝゝ」

E下帖一一〇丁オ「このうたゝゝゝ」

である。冷泉為臣氏は『藤原定家全歌集』の解説(7)では、

　その増補は為相或はその関係者によつてなされたものと解せられるであらうか。（中略）

押紙の筆者の私意によって徒らに追加されたものではないと思はれて来るのである。

と為相（一二六三〜一三二八）の時代といわれている。しかし、料紙を透かして漉き具合を観察すると、漉き様が綺麗な江戸時代前期頃の物、遡っても桃山時代のものではなかろうか。書風も近世的である。筆跡からの確定はよほど注意を要するが、冷泉家当主の各筆跡を比べてみると、為久（一六八六〜一七四一）として良いのではないか。

決定的なのは、A上帖一三一丁ウ短冊裏「タルニテアルヘシ如事」とある。「つる」とあるが「たる」とあるのが本来であったと明記している。この短冊は後にも触れるが、「たる」と本来書かれていたのを擦消た上に「つる」と書いている。為臣氏がいうような「（定家）卿自筆の押紙のあるうちに写されてゐた」附箋であれば、擦消したもとの字を知っていたはずである。わざわざ押紙を貼るには及ばない。貼った本人が擦消したもとの字に気が付かなかった。それは定家当時の附箋ではなく、短冊に本来書かれていた「たる」とする『六家集』に所収された『拾遺愚草』が流布した以降に押紙がなされた。『六家集』は細川幽斎編かと云われる。『六家集』所収本は、本書の親本の姿を伝えていることになる。そうなると、押紙注記ができるのは幽斎時代以降になる。しかも『拾遺愚草』を収納する御文庫は、寛永五年（一六二八）前後から武家伝奏・京都所司代の封印がなされ、享保六年（一七二一）以降に家の預かりとなった（第六章参照）。寛永から享保年間まで押紙の作業は難しかったであろう。享保六年の当主は為綱であるが、翌年薨去している。御文庫古典籍の修理を精力的に行ったのは、為綱の子息為久であった。為久は御文庫典籍をほとんど書写して副本を作成した。さらに、他に本を積極的に求めて膨大な典籍の書写を行い、現在の御新文庫の基礎を築いた人物である。押紙を貼れる人物は、書風と共に為綱ないし為久で、特に為久によるものであろう。

先述の切除箇所の押紙E下帖一一〇丁オ「このうたゝゝゝ」は、為臣氏の『藤原定家全歌集』解説[8]で、

この理由は先に述べた第百九と百十枚との間にある切り取られた一枚が説明してくれるのではなからうか。切り残された所には作者自筆らしき文字の一部の墨痕があると述べたが、これは続くこの頁に、少くも一行以上書かれてゐた事を語るものである。残された墨痕は或る字の右側の一部にすぎず、これを以て何といふ字が書かれてあつたかを想像する事は到底不可能である。しかし想像を逞しくしてこれを考へるに、「しき波のたゝまく惜しき」の歌を以て述懐部を終つて、無常の部の書写をなさんとしてゐる時に、述懐部の増補を思ひ立ち、次の一枚にその増補の歌と詞を書き、この歌は何所へ、この歌は何所へ編入の計画をなし、思ふ所へ切り貼りを行つたのであらう。その時の名残に、切り取られた字の左側に相当する墨痕が残されたのであらう。と考へるのである。

増補の貼附は紙幅一枚と制限を受けてゐるのであるから、二十首程も含む第三の押紙の分までは行へなかつたであらう事は明である。卿は愚草を書くのに大抵一面九行から十行に書いてゐる。それ故に、第一、第二の三首の歌を、同様な書き方によつて書いたとすれば、第一が三行（歌二行書）第二が七・八行の見当であらう。すれば行数は合計十一二行を越えない程度のもので、第一押紙は片面のみに、第二押紙は両面に跨がつて書かれてあり、何れも右側が糊によつてそれぞれ所定の所に貼附されたのであらう。かくして貼附されたものも暫時の間に糊離れをし、次には紛失してしま

はれたのであらう。今見られる押紙は如何にして為されたものであらうかといふに、それは卿自筆の押紙のあるうちに写されてゐた伝写の本により、増補の形に修正されたと見るべきである。

以上の切り取られた一枚が、第一、第二の貼紙であつたとするのは、或は単なる想像であつて、あたつてゐないかも知れない。けれども伝来の正しいものが、かゝる所を切り取られる理由もなく、又あり得ない事である。さすれば私見によるのが最も自然的であらうと思はれるのである。

第三の貼紙は下巻末に遁世の時の贈答歌が四首追加されてゐるが、その後に於て、別種の紙で廿四首は書き加へられたのではなからうか。追加された歌を、それ〴〵の詞書によつて時代を見ると、

一、承久二年八月新院よりしのびて被召歌

二、御室にて上陽人を

三、承久二年二月十三日内裏へ

四、同年九月十三夜前大僧正のもとに奉る

といふ順序であり、完全に精撰を経た形に配列されてゐる。又（二）を除いては全部が承久二年二月十三日以降の日附の明なものである。

と、一丁切除と見なして後鳥羽院勅勘の歌を定家の押紙による増補と述べられた。丁数構造表で明確のように四丁分切除されている。定家の増補による押紙ではなく、押紙の通り書写当時には後鳥羽院の勅勘の歌が本文に書かれていた。それは、親本にも勅勘の歌があったことになる。書写した折に、親本通りに書写をさせたが、やはり定家は、気持ちにぐらつくものがあり、勅勘に関した歌を丁ごと削除して

しまったに相違ない。しかし、残すべき無常の歌が最後の丁裏に書かれていたため、間批ぎした白紙の一丁を切除した箇所に貼りつけて、無常の歌を書いた。前述（44頁）で述べたように、承久の乱の時期のものは切除した。そのあとを、為久が補填した紙を貼りつけた。

切除部分に押紙が指摘する二四首と詞書が書かれていた。為臣氏もいわれるように、切除の本文墨附けが僅かに見える。墨跡は僅かばかりで本文を確定できない。が、無理に推測すると、切除A丁表墨跡は、前丁（一〇九丁裏）に「建保五年五月御室にて三首」とあり、二首が書かれているので三首目の歌にも見える。しかし、三首と書いても二首しか書かない例もあり、また高い位置から書く詞書もあるので、押紙にいう最初の一行目「承久二年八月新院より」ではなかろうか。切除D丁表墨跡は「月影の人にやどらぬ世とならば」ではなかろうか。行数の書き方からすれば、押紙の文全体が過不足なく紙面に納まる。

また、この押紙は最初に切除A・Bの間に差し込まれて糊附されていた（切除A・Bの紙の裏表に糊跡あり）が、後に糊離れが起き、押紙全部が裏打ちを施されて糊附されてC丁表の上に糊附され、現在に至っている。

四　書風――定家校訂本――

本書の書写年代は、所収歌の最後が遁世の歌であるため、七十四歳の出家直後から八十歳で薨去する五・六年の間である。しかも書写に数年を経た様子がなく、ほぼ三帖が同時に清書されたと考えられる。あるとすれば老衰へ向かう書風だけである。本来ならば自筆という自由な筆跡の力強さが表現されているはずである。

特に書風については、解説[9]で久保田淳氏が筆者の説を引用され、

上帖の識語に記された位署の下の草名（花押）もいささか力強さを欠くような印象を免れない。

これらのことは、やや時日を置いて書写する場合には同一人の場合にも生ずる違いとも考えられるし、作者自身が書写しても誤写は生じないとは限らないから、これらのゆえに直ちに全巻が定家の自筆であることを疑うのは軽率であろう。しかしながら、本文の大部分を書写してから相当の年月を隔てて遁世後の贈答歌の追補や注記の書入れなどがなされたとも考えがたいのである。また「ふるさとは」の歌に見られる補訂なども、作者以外の人物の書写による誤脱を作者自身が訂正したとすれば説明しやすいことも確かである。それゆえ、定家の典籍書写にしばしば見られるごとく、ここでも定家の書風に酷似した字を書くその側近の者が定家の綿密な指示の下に書写したのち、定家がそれを点検し、校訂したのではないかという見方も可能である。本解題筆者と共にこの本の調査に当った藤本孝一氏はそのように考えておられる。

と記述された。筆者は久保田氏の叢書解題調査に際し、原本を何回も繰り返し見て行くうちに、世間で定家風と云われる特徴の太文字書体中に、それとは違う書風の箇所が見えかくれしていた。大きく分けると、

A　ほぼ全体の定家風書体
B　書き込みや上帖一三一丁裏貼附短冊の書体
C　最終歌の遁世歌の書体

である。初めにCは、丁寧な中にも全体に薄い墨で書かれている。それは、出家関係の歌のために、仏事等で墨色を薄くする故事に倣ったのであろう。定家は出家に際し俗世界の歌と最後の丁の締め括りで、定家の最も感興の深い遁世歌の筆跡を定家自筆と看做すのに異存はないであろう。

Aの全体的な書風は、遁世の四首とそれ以外の本文とは違う雰囲気を持つ。遁世歌を除けば、丁寧な書風であるが力強さは無い。特に、上帖の建保四年奥書花押は、模した印象を免れない。若いときの花押を模写したと想えるが、それにしても自分の花押にしては力強さがない。

Bの筆跡中は、下帖三括目一二丁裏一行目（三九丁裏）が注目される。加筆部分が遁世歌（薄墨を考慮にいれず）の筆跡に類似し、筆跡を本文と比較するのに最も相応しい例である。示すと次のようになる。

秋恋
ふる　さとはとを山とりのおのへより　霜
ヲクカ子ノナカキヨノソラ
したむせふもしほのけふりこかるとて
秋やは見ゆる人はうらみし

この部分は、親本の二首分を書写の際、上の句を写した後、誤って次の歌の下句を書いてしまったため、二首を一首にした。書写後、定家が校訂で下の句を片仮名で書き「秋恋」部を入れて平仮名で上の句を書いて二首とした。復元すると

　　ふるさとはとを山とりのおのへより
　「霜ヲクカ子ノナカキヨノソラ」
　　　「秋恋」
「したむせふもしほのけふりこかるとて」
　　秋やは見ゆる人はうらみし

となる。本文と「　」内の加筆の筆跡を比較すると、明らかに相違する。さらに、上の句を加筆した墨の色と力強さは、上帖一〇括目四丁裏（一三一丁裏）貼附短冊六首の筆跡と同じではなかろうか。この加筆も定家筆としたい。

　次に、貼附短冊は前に「秋二十首」とあることから「二十首」を書写する際、頁をめくる時、見開き一丁分（丁裏・丁表）を一緒にめくって写した為に、短冊で補訂した。その時、押紙に「タルニテアルヘシ如事」と示すように、『六家集』所収の『拾遺愚草』は、

　　いはしろの、中さしゆく松風にむすひそへたる秋のはつしも

の歌「たる」を擦消した上に本書の「つる」と書き改めている。書写した親本には「た」とあったが「つ」と歌の意味まで変える訂正は、作者自身にしかできない行為である。そうなると、全編を占めるA筆跡は定家以外の他筆（右筆）になる。Bの書風は書写後、定家が校正加筆したと考える。

定家の書写姿勢として、定家自身が監督下のもとに小女等に書写させた青表紙本源氏物語の例を引くまでもないが、花押を含めて親本通りに模写をするのであるから他筆でも構わなかった。

近代的な思考では、作家は自分で書くという意識が前提であるが、作者自身の私家集とはいえ、書写が巧みな人物（右筆）に委ねるのは、古代中世の一般的書写の方法であった、と筆者は考えている。当然に写させた親本以外の改変・削除・増補作業は作者自身しかできない行為である。例えば、下帖一二六丁表七～一二行目「前宮内卿ヽヽヽ」（その前二行の詞書も入るか）の追記、短冊の挿入改変、下帖八八丁表七行目の詞書「の」の見消ちをして「ヲ」とした等は定家であろう。本文中に見える多くの挿入・擦消等の校訂に、定家の学者的な面が窺える。

全体的に他筆による清書本とみなせる。実は、第一段階は建保四年（一二一六）奥書に花押を据えた自撰私家集でも、清書は他へ書かせていた話が伝わる。それは、『仮名文字遣』の序文[10]である。内容は、

京極中納言定家卿家集拾遺愚草の清書を祖父河内前司于時大炊助親行に誂中されける時、親行申て云、をおえゑへいゐひ等の文字の声かよひたる誤あるによりて、其字の見わきかたき事在之、然間、此次をもて後学のために定をかるへき由黄門に申處に、われもしか日来より思よりし事也、さらは主爨か所存の分書出して可進由作られける間、大概如此注進の處に申所、悉其理相叫へりとて、則合点せられ畢、然者文字遣を定事親行か抄出、是濫膓也加之、（以下略）

とある。著者行阿は、定家が祖父源親行へ『拾遺愚草』清書の依頼を伝えている。親行の文字遣に関与したことについては、現在否定的な論が強い。しかし、定家が親行に清書させた記述は、本書の他筆に

よる清書状態から類推して、序文がほぼ真実を伝えていると推測される。

以上、検討してきた筆跡からの論はよほどの注意が必要である。右筆書きを初めとする代筆は、古来より現代に至るまで連綿と続いている。論者の感覚のみの筆跡論は、他者の検証できないことが間間あり、その場合の論は感覚的なことが多い。現在のところ筆者は定家の筆跡を多く見ている一人であろう。しかし、見れば見るほど定家の筆跡かどうか、迷うようになってきた。八百年前に定家が書写をしている姿を筆者が見ていたわけでもない。それなのに、書風だけで定家筆と断定できるであろうか。ここで述べた論は、定家自身の私家集『拾遺愚草』中で三種類の書風があることに基づいている。三帖の冊子に限定した論であって、他の定家書写本まで言及できるかどうかは、別問題であろう。全体的な書風を他筆とした時、巻子本で編纂した親本はどのようなものであったか。詳細は別稿に譲るが、概略のみ記述する。

五　親本

親本は如何なるものであったか。勿論、草稿本と云われるものに違いはないのであるが、本の姿にはメモ的なものから清書と言えるような形態まで幅広い。本書は綴葉装である。綴葉装の写本の形態から見れば、清書用の装訂方法である。綴葉装を作製する場合、親本から一葉の一面に一行何字何行詰かを決め、紙数（丁数）と折の括の数を確定し、各括毎に折目天地の二個所を糸で括り書写を始める。本書には、装訂の際に天地を切って整える化粧断ちが天地の糸綴の針穴まで及んだようである。また、綴葉装に針穴が見える冊子本もある。

『拾遺愚草』も各括を見ると、括内文字は丁を渡って書かれるが、各括に書かれ、次の括には渡っていない。括毎七紙一四丁にしたが、上帖三括目だけは、一枚多く八紙にして書写の分量を調節している。

このように丁数を確定できる親本は、ほぼ完成した本といって良いであろう。他の例を示せば、藤原俊成筆『古来風躰抄』のように、献上（清書）本の前段階の中書本であった。

『拾遺愚草』上帖一七八丁裏に、

先撰二百首之愚歌有結番事
仍可謂拾其遺又養和元年企百首
之初学建保四年書三巻之家
集彼是之間再居拾遺之官
故為此草名
建保四年三月十八日書之
参議治部兼侍従藤（花押影）

と建保四年初撰本の花押まで模写をして、その姿を留めている。建保四年に源親行の清書した三冊本を増補したのが本書の親本といってもよいのではなかろうか。定家は建保四年で一応の区切りをつけたが、増補の可能性を考え、各帖に多数の後遊紙を取っていたのであろう。

親本は、先述の上巻短冊に「つる」がなく「たる」となっていた。さらに、大きな改変は、後鳥羽院の勅勘関係歌が書かれていた。それを、定家が清書させたあとに切除し、無常の歌を改めて間批ぎをした紙に書いて挿入したのである。

おわりに

筆者は定家自筆本とされてきた『拾遺愚草』の筆跡をほとんどが右筆（他筆）によると結論づけたが、定家本を否定したわけではない。本書は、定家監督下で草稿本を定家風の字体を能くする右筆に清書させ、定家自ら本書の校訂・改変・増補等を行った。いわゆる定家校訂加筆本である。それ故に、校訂・改変・増補等の箇所を検討することで、定家自筆本以上に定家晩年の歌人の姿が如実に現れてくる貴重な書籍であると声を大にして主張する。

平成十五年六月五日附官報告示で重要文化財から国宝へ格上された。その時の文化庁の担当官は筆者であった。指定名称には、新しい概念の「右筆本」「監督本」を用いることはできなかった。「自筆本」をつけるかつけないかであった。重要文化財と同じ『拾遺愚草上中下自筆本』とした。第一専門委員会で右筆が主体であるが、定家の校訂があり、従来と同じ名称とすることが証認された。

定家の監督下にあった写本を、定家自身が書かなければならない必然性は全くないのである。自著は著者自ら書くはずであるとの考え方は、近代個人主義の自縛にほかならない。正二位まで昇った定家は、朝廷内において何人もいない高位高官の貴族である。草稿本なり手沢本を能筆の右筆に親本として与え、清書させたほうがよほど効率的で、証本としても正確性を持つ。その現れが『仮名文字遣』序文で初撰本の清書を源親行へ依頼したことを伝えている。また、定家所持本にも言えることで、校訂・注記・追記等の跡が定家の意志を表現している。

例えば、細川幽斎が右筆の遊佐に書かせて、自分が奥書だけを書いた典籍が、熊本藩にとって見れば、歴代藩主の最も秘蔵する幽斎本として伝存されていることから見ても、うなずけるであろう。

以上のことは、冷泉家時雨亭叢書が影印本刊行により、活字本等では得られない書風・字体等の研究対象が拡大するのである。

第六章　冷泉家御文庫の封印と『明月記』

一　はじめに

日本文化を代表する和歌文学のおもな典籍は、中世までを納めた御文庫と近世を中心とした御新文庫とよぶ冷泉家の二つの土蔵に収納されている、と言っても過言ではない。

御文庫は享保六年（一七二一）まで、冷泉家から離れて武家伝奏と京都所司代により管理されていた。両役はその名を記した紙で錠前へ封印し、両役が毎夏の曝涼を行っていた。このことは、『続史愚抄』[1]などの刊行物等により早くから知られている。しかし、御文庫の封がいつなされたかは史料がなく、冷泉家においても伝承さえない。

いつ封印されたかの問題を、筆者は古筆切の流行に遭遇した『明月記』が、紙背文書を剥がされた時期と深く結びつくと考えている。そこで『明月記』を通して、封印の原因と時期を検討したい。

二　御文庫の封

冷泉家御文庫は、武家伝奏と京都所司代により封印され、享保六年八月二十三日まで両役による厳重な管理が行われた。封印が解かれて冷泉家の管理に任された経過は、『(東園)基長卿記』享保六年八月二十二日条に、[2]

一、(略)文庫封之事、板倉周防守以来之事候、向後両伝奏所司不可及封候、当時冷泉前黄門父子とも歌道被相勤候事ニ候、伝授箱ハ勿論、文庫文書共ニ被切封候而、披見尤候、此旨共方卿被承、予へも可被伝之由、冷泉前黄門へハ両卿被申渡、共方卿同席ニ而、被申渡相済候由也、

と記録されている。前黄門為綱と子息・為久が歌道を「相勤」めた功による中御門天皇の裁可によって、所司代板倉周防守以来の封印が解かれた。実際は、和歌をこよなく愛し冷泉家の祖先定家を崇敬する霊元法皇の意志であったと思われる。封印が切られたのは、同月二十八日であった。同日記同日条に、

一、同被示云、今日両伝奏被参入、被言上候、今日冷泉家御文庫江被相向候而、両卿被切封候而、引渡前黄門、相済候、献夫為綱為久卿等誓状、両卿被随身被入御覧、無御別条被返下、其後両卿持参内、被入叡覧件誓状、被納官庫候由、両卿演説候旨也、両卿被退出候云々、

とあり、権大納言中院通躬と権大納言中山兼親の武家伝奏が御文庫へ出向いて封を切った。為綱・為久親子は天皇へ誓状を提出している。

以上の記事を柳原紀光が公家の歴史を編纂した『続史愚抄』享保六年八月二十二日条[3]に、

冷泉中納言為綱。家文書庫元和中所司代周防守重宗板倉。与武家伝奏三条西大納言。中院中納言歟。加合署封以来。相続加封。而謾不許開。又夏曝時。伝奏所司代等同之云。及和歌相伝事等自今可任家門所為由被仰之。当時前中納言為綱。〇基長卿記、父子歌道勤仕功云。雑萃記

と、まとめて記述する。封印の始めを割注で紀光は「元和中」（一六一五〜一六二四）に所司代板倉重宗と武家伝奏の三条西大納言・中院中納言が御文庫へ署封を加えて封印して以来、毎年の曝涼も両役が行ってきたという。果たして、御文庫は紀光が推定する元和年間に封印されたのであろうか。

三　封印の時期

紀光は封印の時期を、武家伝奏と所司代の任官時から推測したようである。または、紀光が冷泉為村の歌道門弟であったことから、後述する御文庫の竣工期を為村に聞いていたかも知れない。

さて、京都所司代は、定員一名で、禁中・近畿・西国大名等の管理・監視をする江戸幕府の役職である。武家伝奏は定員二名で、幕府と朝廷の連絡役をする朝廷の役職である。「元和中」とある三者の任期は、次のようになる。

①所司代板倉重宗、元和六年（一六二〇）任〜承応三年（一六五二）辞。
②大納言三条西実条、慶長十九年（一六一四）任〜寛永十七年（一六四〇）薨去。
③中納言中院通村、元和十年（寛永元年、一六二四）任〜寛永七年（一六三〇）辞。

元和年間の任期中で中院通村は元和十年であるが、この年に改元して寛永元年となった。紀光も「中院中納言」を疑問符の「歟」として断定を躊躇している。そうなると、紀光が言う「元和中」が誤りか、「通村」が誤りかの何れかになる。

結論を先に言うと、元和中は無理で、通村が正しく、寛永元年から七年の任期中までに封印されたと思われる。理由の一つに、御文庫に収納する『明月記』を貸出している記事がある。『中院通村日記』寛永三年（一六二六）十一月二十一日条[4]に、

（略）以上云々、此記之事、去十七日為頼朝臣談云、明月記依御所望借進云々、予依聞此事、如此相尋者也、被覧件記之故歟、

とあり、寛永三年に関白近衛信尋の所望で『明月記』を貸出したことを為頼が通村へ話をしている。この状況から二点が推量できる。

一点目は、この時点では紙背文書が剥がされていないことである。現状の『明月記』は紙背文書を剥いでいる巻子が多い。一紙を二枚に剥がすことを間批（あいへ）ぎと言い、厚さが半分になるため扱いが難しくなるので、裏打ちを施す必要がある。

裏打ちが施された記事は権大納言日野資勝日記『資勝卿記』寛永九年（一六三二）二月十三日条[5]に、

其次ニ藤谷殿へ参て、書物うら打之御談合可申候間、竹門主へも、藤谷隙をも、相尋候て可申由候間、（略）右之通、竹門主ニハ来十七・十八両日御隙入候間、其外ハ可有御成由、申遣候へハ、板防州ハ何時も可参候間、猶藤谷と示合候て可申由、返事申候也、

とある。現在、冷泉家には文蔵が二つあるが、御新文庫は為村により明和四年（一七八四）に竣工された蔵で、当時典籍蔵は御文庫だけであった。後述する寛永六年御文庫目録作成者である板防州（板倉重宗）や竹門主曼殊院入道良恕親王を始めとした人々が立ち会っていることから、封印されていた御文庫に『明月記』が収納されていた。この裏打ちを、紙背文書が間批ぎされた後の補修と考えると、九年以前に剥がされたことになり、同三年の時点で貸出されているのは、まだ間批ぎされていなかったことになる。

二点目は、冷泉家当主の為頼が自由に貸出をしている。封印をする武家伝奏の通村が何もコメントをつけていない記述から、御文庫に封印がなされていなかったと判断できる。

この二点から封印の時期をしぼり込むために、間批ぎと御文庫について説明し、次に目録作成を検討して時期を決定する。

間批ぎ

『明月記』紙背文書を表側の本文を傷つけることなく、剥いでいった。この行為を「批ぎ」とか「間批（あいへ）ぎ」するという。現在、「批」の文字が一般化していないためであろうか、修理関係者では「相い剥ぎ」の文字が使われているようである。[6] 曲物を製造するとき、材木から剥いで材料にする「へぎ板」の用語が用いられていたり、扇に貼る紙を二枚にすることを批ぎるという用例等がある。

『明月記』は紙背文書がなく白紙を用いた巻子もあるが、紙背が白紙のように見えても調査すると剥がされた痕跡があり、所々に墨跡が認められる巻子もある。紙背文書がある『明月記』から西行などの有名人の文書を剥がそうとする場合、紙背の紙継目に陽刻「重政」長方形黒印を二箇所に捺す場合もあるが、大部分一箇所に「重政」印を捺してから剥いでいる。印文「重政」に該当する人物を冷泉家関係者から見いだせない。この印は一般的に用いられている黒印である。

このような表具を施すことはどの時代でも可能である。確実な間批ぎの古例は、藤原定家本『拾遺愚草』上中下三帖のうち下帖一一〇丁表に認められる（第五章参照）。後述する古筆切の流行により、『明月記』の紙背文書の一部が間批ぎされて散逸した時期を推定できる。

徳川家康は、金地院崇伝と林道春に命じ、能書の五山僧侶から各十人を選び、南禅寺金地院で洛中洛外の古記録・古典籍を謄写させた。各三部作製させて禁中・江戸・駿府へ分蔵させた古典籍写本事業の一環で[7]『明月記』も書写された。『言緒卿記』慶長十九年（一六一四）十月二十四日条に[8]、

今日南禅寺へ参、金地院ニテ、明月記、五山之衆書写見物シ了、冷泉黄門、予、冷少将同道シ罷帰、

と、山科言緒は冷泉黄門為満とその少将為頼とともに冷泉家蔵『明月記』の書写が行われているようすを見学している。この時製作された写本が、幕府の紅葉山文庫に収納され、現在は国立公文書館に引き継がれている[9]。この写本と原本とを比較することで、現状の『明月記』には間批ぎによる脱落や破損が認められる個所に、慶長の段階では間批ぎされていなかったことが判明する。

御文庫

冷泉為満は、義兄の山科言経とともに勅勘をうけて十九年間も流転したが、慶長五年（一六〇〇）五月六日に許された。次いで『言経卿記』同年十月二十一日条[10]に、

一、内府ヨリ、禁中北摂家ウラノ町、予ニ原隠岐守家、冷へ大谷刑部少輔母家等可然之由栄任ヨリ申来之間、則冷・内蔵頭等罷向之処、今日延引也、内府使者安倍八衛門尉・嶋二兵衛尉等也
云々、

とあり、禁中北摂家裏ノ町に言経が原隠岐守家を、為満が大谷吉継屋敷跡を与えられた。この地は長く続かず、禁裏増築にあたり、『言経卿記』慶長十一年（一六〇四）六月二十四日条に、

一、伏見御城へ冷・内蔵頭等参了、御対顔了、夕飡被下也、屋敷可被下之由上意也、

と、徳川家康から為満へ現在の烏丸通今出川通東入るに配置替えの上意があった。邸宅が竣工して移転したのが『言経卿記』同十一年十月八日条に、

一、冷新宅移徙之間、白粥給了、

とある。この時点で、蔵も完成していたか不明であるが、時期を隔てずに建てられたと想われる。

重要文化財「冷泉家住宅」の解体修理に伴い御文庫の修復も行われた過程で、御文庫の懸魚に来歴が印刻されていることが判明した。ここに『御文庫懸魚覆版刻銘』[11]全文を紹介する。

「南側懸魚（北面）」

抑歌仙正統家之文庫者、

元和之昔、建立之時、屋上
泥瓦葺之、延宝年間之破損、
其時以板葺改、茲来□復及
数回、今年文庫修復并屋上
以銅瓦葺之、為永世不朽也
　宝暦十歳次庚辰
　　吉月良辰　　民部卿為村
　　　　　　　　従三位為泰
　　　　　　　　侍従為章

「南側懸魚（南面）」
今度屋上以銅瓦、更葺
改、猶為永世、不朽也、
天明八歳次戊辰
吉月良辰
　　　　民部卿為泰
　　　　右衛門督為章

侍従為則
「北側懸魚（南面）」
家従　大鹿清基
　　藤原継□
大工　藤原住基
銅工　源忠正
「北側懸魚（北面）」
家従　藤原継之
　　大鹿清真
　　藤原継栄
　　源　長亮
大工　藤原宗定
銅工　源　家信

以上である。宝暦十年（一七六〇）に為村が修復した折りの伝承で、創建当時の屋根は泥瓦葺きであった、それを板葺きに換え、さらに銅瓦葺きにしたという。工事の始まりが元和年間とすると、通村が武家伝奏に就任した寛永元年には、典籍のみを収蔵する現在の御文庫が建てられていたと考えられる。

目録作製

御文庫が封印されていた事実を伝える最も早い史料は、『資勝卿記』寛永六年（一六二九）十一月条[12]である。該当個所が長いが、未紹介史料でもあり、関係個所を掲載する。

六日丁亥晴、
板倉防州ヨリ書状参候テ、冷泉家ノ書物共逸之由、江戸ニ被聞候テ、御点検候テ、先日竹門主御成ニテ、大方目録候テ、江戸へ下申候處、土井大炊殿ヨリ、拙子彼家伝授仕り候間、拙子ニも可罷出由申来候間、一両日中ニ点検可有由申候也、貴意次第之由返事申候也、其後又書状参テ、明日所参由候間、心得申候由返事申候也、御番ニ伺公―藤谷殿江―明日板防州ヨリ御家書物点検候間、拙子ニも可参旨申候間、防州次第所参由返事候間、可参由申遣候也、則返札有之、極楽寺参候て、竹門主拙子明日藤谷へ参候由、防州あり申参候由聞召候間、極楽寺進被下候由申来候、又彼物紙なとの事被申由也、

七日戊子晴、
藤谷江参候也、防州ハ昼時分被参候テ、竹門主へ人を被参候て、御出候也、防州蔵ノ封ヲ切被申候て、長持一棹召出し、掛物書物也、防州取出被申、竹門主ハ一一御開候て、拙子目録書申候、端ヲ哥ニても何ても一行程書申候、いく行有之ヲ書、筆者書申候也、夕飯振舞有之、秉燭以後罷帰候、又十日ニ可参由約束候也、（後略）

十四日乙未晴、夜雪チル、

尊勝院へ明日度祝義ニハ米二石先日遣ハし候、御衆へ今日さや一たん引合二束遣候、巳ノ時ヨリ冷泉亭江向かふ、防州被参候　如例同心仕候也、（後略）

十九日庚子晴、

四つ時分ヨリ冷泉亭へ参候、防州ハ午□時分被参候、其後竹門主御候也、又目録拙子書申候也、定家今日江戸ヨリ上洛之道行之記、詞哥有名誉之物也、見事にて驚目候也、暫竹門主被遊候て承候、防州も面白ト被申候也、

廿日辛丑晴、

冷泉亭へ—今日ハ防州ヨリ先へ御成候也、目録調へ今日ニテ相済申候、目録ハ藤谷江渡候、被書改申候、（後略）

廿三日甲辰晴、

夜ニ入藤谷殿此中ノ目録書令持参候、則請所申候類ヲ一□へ書寄候由也、

とある。この記録は以下にまとめられる。

○十一月六日、所司代板倉重宗から書状が届けられた。その内容は、冷泉家の書物が散逸しているとの噂が江戸幕府まで聞こえたため、御文庫の目録を作成して幕府まで届けるようにとのことであった。資勝も竹門主曼殊院入道良恕親王と共に目録作成に参画せよと云ってきた。資勝は冷泉家から古今伝授を受けているから適任との理由であった。

○七日昼時分、所司代が御文庫の封印を切り、まず長持一棹を出し、その中から掛物・書物を取り出し

た。竹門主は一つ一つを開き、資勝が傍らにいて目録取りをした。典籍類の最初の一行程を書きそえ、後何行あるかを記録し、筆者名も書いた。秉燭（へいしょく）以後に帰宅した。十日に続行の約束をしている。同日記に記述がないが、『(西洞院) 時慶卿記』寛永六年十一月十日条[13]では、

十日天晴

一、板周防守ハ冷泉へ日共同心シテ、被御沙汰候被記候、

とあり、御文庫の調査が行われたことが見えている。

○十四日、目録作成。

○十九日、竹門主と共に目録作成。「定家今日江戸ヨリ上洛之道行之記、詞哥有名誉之物也、見事にて驚目候也、」と典籍の内容を書き上げる。

○二十日、冷泉家へ参った。竹門主は所司代より先に来ていた。今日で目録作成が終了した。目録は藤谷為賢へ渡して、清書するようにとの指示が与えられた。

○二十三日夜になって藤谷為賢が清書した目録を持参してきたので受け取った。

以上の経過で、寛永度の目録が出来上がった。

この時の冷泉家当主は四歳の為治であったが、為満の二男で藤谷家を興した藤谷為賢が後見人となっていた。為賢は為治の後見人として立ち会っている様子が書き留められている。

前述の為頼が御文庫に納められていた『明月記』を自由に出し入れし、『明月記』本体も間批ぎされることなく貸出されていた状況から、御文庫が封印されてなかったと確認できる。為頼は翌年の寛永四

年（一六二七）四月二十六日に薨去する。[14]

そうなると、封印されたのは薨去後となり、寛永四年四月から目録作製の同六年十一月までの約二年半に絞られる。おおまかに云うと、寛永五年前後となる。

次に、なぜ封印をされたのかを考えたい。勅封された宝蔵は寺社で何個所かあるが、貴族でしかも、武家方の京都所司代が主になって封印を切ったり附けたりした例がない。

四　御文庫封印の理由と古筆切の流行

封印の理由を示す唯一の史料に『松屋会記』中に収録する「久重会記」がある。同記の寛永十七年（一六四〇）四月十七日条[15]に、

（略）委ハ千載集ニ見ヘタルト御語リ候、此掛物ノ御由来ハ、冷泉殿家宝ヲシハテ、伽羅ノ枕ナト多、ダテ道具斗ニスカレ候ヲ、台徳院殿被及聞、召テ無物躰也、勅苻被為付候様ニト奏問有テ、勅苻付候也、

とある。「千載集」とは勅撰集『千載和歌集』で撰者藤原俊成筆『日野切』の古筆切が床の間に掛かっていたと想定される。俊成自筆から冷泉家伝来といわれ、それを聞いた将軍の台徳院徳川秀忠は、冷泉家の至宝の散逸を憂えて朝廷へ願い出て、御文庫へ勅封がなされたという記事である。寛永十七年以前『日野切』等にまつわる冷泉家至宝の回想談である。幕府側の京都所司代が御文庫の管理について主導

権を持っていたようすが、先述の『資勝卿記』にも窺え、朝廷への将軍秀忠の封印申し入れの信憑性は高い。

　この会記が伝える古筆切の流行は、封印の時期を検討した『資勝卿記』に「六日丁亥晴、板倉防州ヨリ書状参候テ、冷泉家ノ書物共逸之由、江戸ニ被聞候テ、御点検候テ」と、封印がされていたが、御文庫典籍の散逸を危惧する話で、「日野切」を床飾りとしたとみえる「久重会記」と同じ内容である。

　古筆切は戦国時代を天下統一した桃山時代に入ると、狂乱のような収集が始まった。とくに熱心に集めたのは、関白豊臣秀次であった。御文庫の中の『公忠朝臣集』[16]を秀次の所望により提出し、冷泉家には模写本のみが遺されたり、『花山僧正集』[17]を大名の宇喜多秀家へ本文最後の二丁分を切って贈ったりしている。

『明月記』の紙背文書も狙われた。『明月記』は、定家の手元にあった書状・仮名消息・儀式書・綸旨・宣旨類の公文書等の紙背の白い面を利用して清書（中書）している。その中には、定家が摂関家の九条家の家司をしていた関係で、同家に宛てられた書状類も含まれている。摂関家文書を含んだ文書群として非常に質の高いものである。もちろん、歌聖定家関係の文書として、収集家にとって垂涎の的であった。

　御文庫封印の時期と理由については、今のところ明確な史料も家の伝承もない。冷泉家は勅封と言い伝えられ、俊成像にはじまる歴代御影を御文庫二階に御祭りし、蔵自体をご神体として、当主か跡継ぎしか入れない状態で、大切に守り伝えてきた[18]。

冷泉家に封印の伝承がないのは、『明月記』等の古典籍散逸行為で朝廷と幕府から封印されたことを恥辱と受け止めた意識があったために、封印の歴史を消し去ってしまったのではないかと、推測している。勅封に関しては、先の『基長卿記』享保六年八月二十二日条に「伝授箱ハ勿論、文庫文書共ニ被切封候而」と、伝授箱へ勅封がなされていたとあり、『続史愚抄』同年十月二十八日条にも、[19]

自法皇授賜古今和歌集口伝於冷泉前中納言為綱。此日。即発相伝筥。○雑萃記、基長卿記

とみえ、相伝筥を明確に区別している。時代が経つと、勅封筥と御文庫の封印とを混同したと想像される。[20]筆者の推測の域を出ないが、幕府が御文庫の封印を朝廷へ要請したとき、朝廷側では冷泉家の伝授箱へも勅封をしたのではなかろうか。冷泉家伝授を封じることは、後水尾天皇による御所伝授が古今伝授全体を独占したことを意味する。

最後に、筆者は『明月記』紙背文書の間批ぎが行われた背景に、藤谷為賢が重要な位置を占めていたと考えている。寛永五年前後の冷泉家の当主は三歳の為治であった。幼い当主の後見人として叔父・為賢は御文庫の管理にあたっていた。さらに、為治が慶安三年（一六五〇）十月二十三日に二十五歳で亡くなると、五十八歳の為賢は二十歳の子息・為清を冷泉家の養子にして継がせている。筆者は、為賢が古筆切鑑定家[21]の一面をもっていたこともあり、為賢が間批ぎしたと想像している。

五　おわりに

以上のことをまとめると、

一、寛永三年には、『明月記』が貸出され御文庫に封印がされていなかった。同六年には封印された御文庫の目録作製が行われた。また、寛永九年には、『明月記』紙背文書が間likぎされていたのを裏打ちした。そうなると、紙背文書が間批ぎされて散逸した時期は、為頼が薨去した寛永四年四月二十六日から同六年十一月の間と推断する。そうなると、紙背文書を含めた典籍類を守るために御文庫へ封印されたのが、一応、寛永五年前後となる。

一、将軍徳川秀忠が冷泉家典籍散逸を憂え、御文庫の封印を朝廷へ申し入れたのが封印の起こりである。

一、紙背文書が剥がされた直後に、御文庫に武家伝奏と京都所司代の両役の封印がなされた。約百年の間、両役のもとで曝涼も行われた。

一、御文庫の封が切られて冷泉家の管理に移ったのは、為綱が当主であった享保六年八月二十八日であった。

一、現状の巻子装は、御文庫開封後の典籍修繕の一環で、為久により享保七年頃に裏打ち表紙等の修復が行われた[22]。

御文庫の古典籍が古筆切収集の嵐に襲われていたのを、武家伝奏と京都所司代の封印がされたことで、最小限度の散逸で防げたのではなかろうか。それは、天皇・将軍の冷泉家の典籍に対する崇敬でもあった。

『住宅・御文庫略年表』

○慶長五年（一六〇〇）五月六日、為満勅免。
○同年十月二十一日、禁中北摂関家裏ノ町へ移住。
○慶長十年（一六〇五）八月十六日、十三歳の為賢が分家する。禁中より、家号「藤谷」を賜る。
○同十一年（一六〇六）十月八日、現在地へ移転。
○同十九年（一六一四）、徳川家康、五山僧に命じて『明月記』等を書写させる。三条西実条、武家伝奏に任ず。
○元和五年（一六一九）二月十四日、為満薨去。
○同六年（一六二〇）、板倉重宗、京都所司代に任ず。
○元和年間（一六一五〜二四）、御文庫竣工。
○寛永元年（一六二四）、中院通村武家伝奏任官。
○同三年（一六二六）、為頼、近衛信熙へ『明月記』を貸出す。
○同四年（一六二七）四月二十三日、為頼逝去。為治二歳にて当主となる。
○同五年（一六二八）前後、『明月記』紙背文書の多くは間批ぎされて散逸した契機により、御文庫の封印が行われる。

○同六年（一六二九）、御文庫の目録作成。
○同九年（一六三二）、『明月記』の裏打ちが行われる。
○慶安三年（一六五〇）十月二十三日、為治二十五歳で没す。為賢の子息為清跡をつぐ。
○貞享二年（一六八五）四月、霊元天皇、御文庫典籍の写本作製（禁裏本）。
○享保六年（一七二一）八月二十三日、御文庫の封印が切られて家の管理となる。
○同七年（一七二二）、為久『明月記』を現状のように補修する。
○天明四年（一七八四）、為村、御新文庫を竣工。
○同八年（一七八八）一月、邸宅炎上、御文庫等の蔵はまぬがれる。
○寛政二年（一七九〇）三月、現在の住宅竣工。
○大正六年（一九一七）、今出川通の市電施設のために邸宅を北東へ約一〇・移動する。
○平成七年（一九九五）三月十七日、冷泉家住宅解体工事起工式。
○平成十三年（二〇〇一）十月二日、竣工祭。

『記述関係冷泉家略系図』

為満
├─為頼─為治─為清─為綱─為久─為村─為泰─為章─為則
└─為賢（藤谷）─為清（養子となる）→

第七章　定家様から見る書道の美――冷泉家の和歌と書――

和歌と日本の書

和歌は平仮名の連綿体で、写本や懐紙・短冊などに書かれている。中国から漢字が輸入され、平仮名が完成したのは九世紀半ば頃といわれている。平仮名のもとになったのは、奈良時代に日本最古の歌集『万葉集』などに使われた漢字の一音一字の借字（しゃくじ）、いわゆる万葉仮名である。平安時代になって、借字として使用されていた漢字の草書が唐から再度輸入されたのとあいまって、平仮名は漢字から独立した。代表する作品として、延喜五年（九〇五）に奏上されたという、醍醐天皇（八八五～九三〇）による最初の勅撰和歌集『古今和歌集』がある。さらに、承平五年（九五四）に書かれた紀貫之（生没年不詳）の紀行文『土左日記』も平仮名を用いている。このように平仮名が完成し、文字を何文字もつなげる草書体による連綿体の流布とともに、和歌は流麗な書道の美として確立していった。

九世紀、中国に派遣する遣唐使が廃止され、日本化が一層強められた。漢字から平仮名への移行である。和風化は政治制度にも及び、それまでの中国唐王朝の制度を模した律令体制が崩れ、摂政関白が天皇の代行をする摂関政治が生まれた。完成させたのは藤原道長（九六六～一〇二八）である。そして道長がモデルであろうといわれているのが紫式部作の源氏物語であった。摂関政治においては、後に近衛・

九条・一条・二条・鷹司家の五摂家から摂政や関白が輩出した。貴族の家柄によって出世や役職の分担が決められた。冷泉家は、創設された鎌倉時代中期から江戸時代にいたるまで、和歌の家柄として、宮中に仕えて和歌を指導した。明治以降も門人を集めて和歌を伝えている。

和歌を書くとき、独特の定家様が生まれたことは、日本の書の多様性を示している。

冷泉家

冷泉家は道長の四男か六男といわれ、和歌の「歌仙太祖」とよばれた歌人である長家（一〇〇五～一〇六四）を先祖にもつ家である。その子孫は、俊成（一一一四～一二〇四）が『千載和歌集』、子供の定家（一一六二～一二四一）が『新古今和歌集』『新勅撰和歌集』、孫の為家（一一九八～一二七五）が『続後撰和歌集』（図12、164頁）の撰者となった。三代にわたり撰者を輩出した和歌の家柄が確立した。

冷泉家は、為家と阿仏尼との間に生まれた為相を初代として創立された。その際、細川荘の荘園と先祖以来の歌書を譲渡された。さらに家柄の中核として藤原定家の日記『明月記』を含めて全部の文書が文永九年（一二七二）八月二十四日に譲渡された。

長家以来の冷泉家の歌書を概観すると、平仮名の書の美の流れが見える。平仮名を続けて書く連綿体は、話し言葉の表現としてつながって書く書法である。

【連綿体の美】

長家の十世紀から十一世紀にかけて作られた歌集『時明集』一帖が伝存する。濃淡取り混ぜた色紙に銀や雲母の砂子、さらに紫赤に染めた繊維を散らした飛雲紙を用いている。飛雲紙は平安時代中期頃に流行したものであり、時代を決める指標ともなっている。筆運は冷泉家の中でも屈指の名筆である。書体は連綿体であり、全時代にわたる基本の書き方である。

世尊寺流と定家様

四世紀、中国東晋の王義之により書法が完成した。日本にも輸入されて日本の書道のもとになった。さらに、平仮名の誕生にともない連綿体が普及し、平安時代中期に三蹟の名手が生まれた。その中の一人、藤原行成（九七二～一〇二八）は世尊寺の寺院を創建したところから、行成の書道は世尊寺流とよばれた。行成は紫式部の源氏物語を清書したともいわれ、鎌倉時代まで子孫が書法を伝えている。この流れは、南北朝時代の青蓮院門主の尊円法親王に伝えられ、青蓮院流または御家流とよばれた。この書法は江戸時代の公的な書道として江戸幕府に採用され、全国的に流布した。

一般的な連綿体に対して、藤原定家は定家様とよばれる書法を生み出した。定家様は、定家本『古今和歌集』（国宝）や『拾遺愚草』三帖（国宝）の冒頭を見てもわかるように、一字一字が離れているのが特徴であり、一文字の濃淡がはっきりしていて明確である。誰にでもわかる個性的な字である。定家は自分の文字の特徴を『明月記』寛喜三年（一二三一）八月七日条で、

天晴、未後俄大雨暫而休、徒然之余、自一昨日染盲目之筆、書伊勢物語了、其字如鬼、

とあり、『伊勢物語』の書写にあたり、「その字は鬼のごとし」と記述している。当時の「鬼」の意味は、

おぼろげ・あいまい・平坦等である。あまり目もよくない定家が『伊勢物語』の写本を書いたとき、自分の字はおぼろげなものであったといっている。「鬼」という表現を使ったのは、そこに自らの書風に対する強い自覚があった。また、写本に当たり、右筆より劣るとか、悪筆と書き記している。

　前掲の七日条と関係する書状が冷泉家時雨亭叢書51『冷泉家古文書』211「某書状（断簡）」（三〇七頁）として収録されている。その文書は、

「非器之文章、如嬰児、
手折之右筆、似鬼形
候歟、旁雖見苦候、」

「　　　　　　□□□
□載所候也、雇□」
「道風・佐理候はんも□□
其知音不候、清書もはつ
かしく候事故、可憚□な
と候ハヽ、其恐□候、内々□
伺、御気色給候、恐□
謹厳、」

と、嬰児のような筆で鬼の字とある。この書状は紙背文書から剥がした（間批ぎ）ものである。また、

袖に『藤原定家記録断簡』が貼り付けられている定家書状の控えである。この書状は、三紙からなる。ただし、影印本では、「囗載所候也、雇门」が最後の行にあるが、修理の折、最後の行が真中に入ることが、判明したため、本来の形に戻して、翻刻した。国宝『明月記』寛喜三年秋記の二〇紙目の紙背が剥がされているため、この文書であったかもしれない。

さらに、定家は、自分の筆跡について『明月記』寛喜三年八月十八日条に、

徒然之余以盲目、日来時々書大和物語、今日終功了、是又狂事也、互可嘲多、自九日書始、家中明日可相具者等不令見火所、終日着綿如昨日、草子如形校了、平生所書之物、以無落字為悪筆之一得、耄老心脱落数行、書入之心中為恥、

とあり、『大和物語』を書写の際にも悪筆と嘆いている。このような字形を作ったのは、勅撰集編集のために曖昧な字だと和歌が不明になるためであった。このことは、俊成から為家までの三代の書風を考えると理解される。

定家様が生まれたのは、父俊成の書風からであろう。和歌を学問としてとらえた書物である俊成自筆本『古来風躰抄』二帖（国宝）を『拾遺愚草』と比較すると理解されよう。『古来風躰抄』は細い枝を折ったような書き方で、これを俊成流という。俊成も勅撰集の編集には細心の神経を注いだであろう。例えば、「つ」か「へ」かは連綿体でなくても間違えやすい文字である。五七五七七の三十一文字で表わす和歌である。「まつ（松）」なのか「まへ（前）」かで、大きく意味が違ってくる。それだけに連綿体で書くと、意味が分からなくなる。

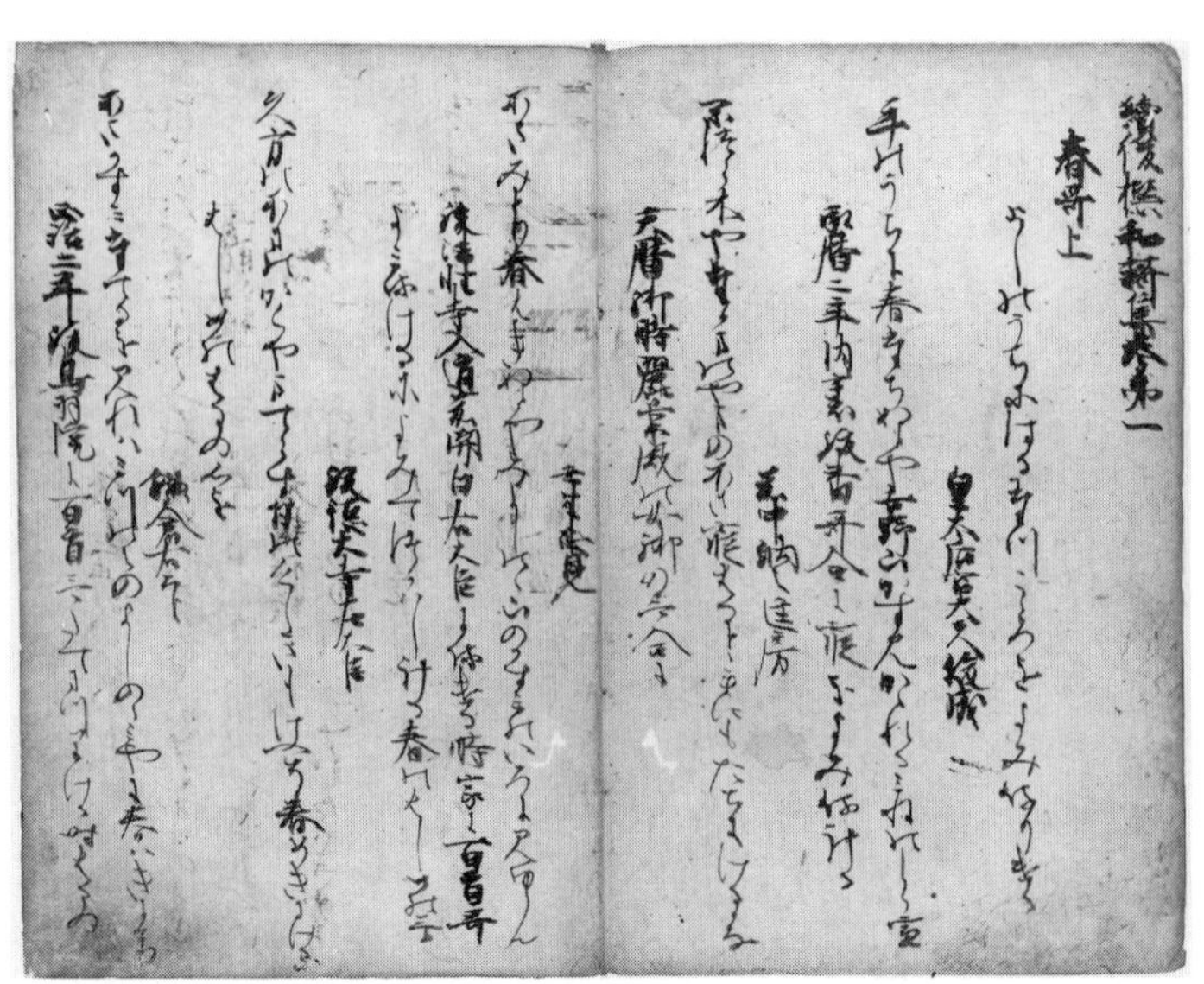

図12　藤原為家筆『続後撰和歌集』（鎌倉時代）重要文化財（冷泉家時雨亭文庫）

俊成流の一例として挙げると、現在読まれている源氏物語の底本「大島本」（定家校訂の青表紙本系、重要文化財、古代学協会蔵）は、文明十三年（一四八二）に飛鳥井雅康が守護大名大内政弘の依頼を受けて書写したものである。この中の『宿木』一冊は、俊成流で書写されている。

さらに、為家の古筆の書風は、一般的な鎌倉時代中期の書風を代表する連綿体とする。しかし、『続後撰和歌集』の自筆本一帖（重要文化財、図12）を調査すると、一文字一文字が独立している。また文字自体に濃淡がある個性的な書法である。俊成定家の書と比較すると共通する。このように三代における書風は伝統的な連綿体から独立した書法であった。撰者として勅撰集編纂のために、文字の読み間違いを排除する必要があったと考えられる。

冷泉家の初代為相以降は勅撰集撰者を出さな

かったこともあり、初代以降に定家様を用いることがなかった。だが、江戸時代に入ってから定家様が復活した。

徳川家康

為相以来の当主は、定家様を用いていなかったが、為満（一五五九〜一六一九）は、定家様の書き方をしている。それは、定家の歌人としての神格化がなされていた時期でもあった。

とくに、徳川家康（一五四三〜一六一六）が定家を崇敬して、定家の写本を手習いに用いている。例えば『安元御賀記』一帖（重要文化財、徳川美術館蔵）や『公忠朝臣集』一帖（重要文化財、五島美術館蔵）等の、藤原定家筆本を用いて手習いしたものが遺されている。家康の一代記『駿府記』によると、為満は慶長十九年（一六一四）七月十六日に駿河国の駿府城で、所蔵の定家筆本『三十六人歌撰』一帖を家康に見せている。家康が定家を尊重することにより、定家様は武家方に流布していった。特に茶会の折、宇都宮頼綱の嵯峨の山荘の襖に貼るように依頼されて定家が書いた『小倉色紙』を、床間に掛けるのが一番とされた。さらに、武家方の芸能である能楽の謡本の字体も定家様で書かれた。

冷泉家においても、江戸時代中期の為村（一七一二〜一七七四）の時には歌の門人三千人といわれ、通信教育による全国的規模となった。それまで冷泉家では、目立って定家様を書いてはいなかったが、定家尊重にともない為村は定家様の書法を再興した。為村から為理（一八二四〜一八八五）まで、江戸時代の当主は定家様である。

現代

近代に入ると、活字文化の普及とともに定家様がすたれていった。しかし、デザインの面白さから、看板やタバコなどの広告関係には使われてきた。

近年、漫画文字といわれる丸文字が流行したが、一文字一文字が独立した書体は、定家様の復活と言えるのかも知れない。それは、定家の文字が現代性と個性による美的な面を持っていた証明であろう。

論述したような、平安時代に始まる平仮名の流麗な連綿体から丸文字にいたるまでの文字の歴史は、日本美の変遷と重なり、書法の多様性によるデザインの歴史は現代の美意識とつながっている。

定家様の意味

定家は、親本を正確に写し、あるいは人に書写させた写本に、鎌倉時代当時の語訳に直した文字を右脇に書いていた。右筆らが右脇の語訳をした文章を定家様で清書した。それが定家監督本である。

定家は古代から中世にかけての文学の架け橋をした人物といわれている。この橋渡しを考えると、定家の語訳がなかったら、古代文学の意味を理解することが困難であったろう。池田亀鑑氏が定家監督本の青表紙源氏物語を底本にしたことからも理解できる。その一方で、定家様を用いたために親本の姿が消えてしまい、定家監督本からは親本を遡れなくなった欠点が生じた。定家監督本以外の江戸時代の流布本といえども、再検討すれば、定家本より遡れる可能性があるといえよう。定家様本は功罪半ばする両面を考えて、利用するべきである。

第八章　『明月記』の食事

だいぶ前のこと、古文書学の大家・佐藤進一先生をお訪ねした折、日記の話に及んだ。先生が日記を集められている中で一番おもしろい日記は何ですか、とお尋ねしたところ、俳優古川ロッパの日記が実におもしろい。ロッパは文筆家ばかりでなく美食家であり、毎日食事のことばかり書いた日記であると言われた。

日記は、日常の事柄を書くものとは言え、食事・睡眠などの毎日の暮らしのことは書いていないのが普通である。例えば、二股の足袋がいつ頃からあったかを日記で調べようとしても不可能に近い。足袋は足袋なのであって、二股かどうかは、日記に書くことではなかった。中国明代の鄭舜功著『日本一鑑』や桃山時代に来日した宣教師ルイス・フロイスが日本と西洋の風俗・習慣を対比した『日欧文化比較』に、特別な物として二股足袋が記載されているのは、外国人から見ると奇異に映ったからにほかならない。

平安時代の日記について、有職故実の九条流の祖・藤原師輔（九〇八～九六〇）は、貴族の日常の務めについて書き遺した『九条殿遺誡』で、政治の枢要に備えるために日記をつけると説く。古代中世の日記が多く遺っているが、食事のことは滅多に書いていない。あるとすれば、行事の後の直会（宴会）に

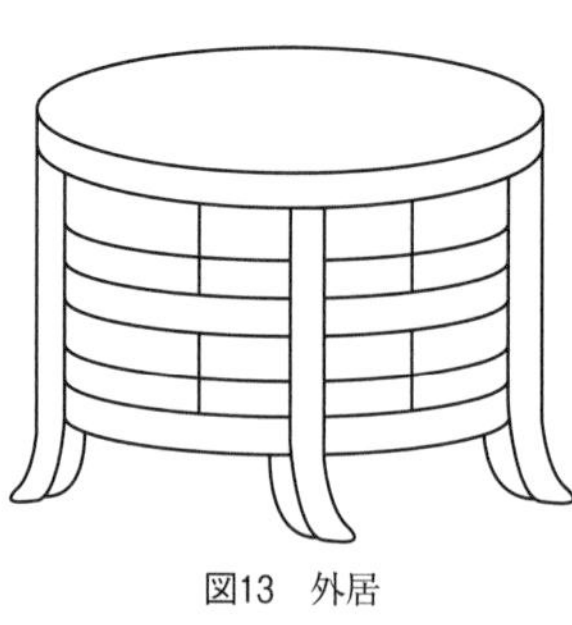
図13　外居

儀式の一環としての食事が垣間見られるだけである。

鎌倉時代前期の勅撰集『新古今和歌集』『新勅撰和歌集』の撰者・藤原定家は、十九歳から八十歳で亡くなるまで『明月記』という詳細な日記（伝存は七十四歳まで）を書いた。現在は、活字本（国書刊行会刊・冷泉家時雨亭叢書〈朝日新聞社刊〉）で容易に読むことができる。その中に、珍しい定家の献立記事がある。

建仁元年（一二〇一）、後鳥羽院は院宣により和歌所を置き、九条良経等十四人を寄人に任命し、勅撰集の編纂を命じた。元久二年（一二〇五）三月二十六日に『新古今和歌集』が奏進されたのである。編修に当たり、撰者たちは和歌所へ日参し、定家は右目を大きく腫らす程に仕事をした。息ぬきで各自が趣向を凝らした食事を用意したことを、『明月記』元久二年二月二十二日と二十三日条に書き留めている。二十二日に源具親が草子（本）風流の破子（弁当箱）や巻物のような竹筒に入れた酒を取り出した。それに続いて、定家は『伊勢物語』に題材を取った饗宴を調えたとある。二十三日は、祈年穀奉幣の行事が延期になったため、酒肴を持参して和歌所へ行き、宴の準備に取りかかった。その内容は、次の様であった。まず、土高品に小折敷を置き、柏の葉を敷き、海藻の海松を盛り、その上に、『伊勢物語』八十七段にある「わたつたうみのかざしにさすといはふ藻も君がためにはをしまざりけり」の歌を書いた柏で覆った。また、折敷には絵を描いて盃を居いた。瓶子の口は、紅薄様の料紙で包み、鳥汁で満たした、小外居には花橘を入れた。外居（ほかい）

の紙立に「昔の人の袖の香」の歌を文字木（木の燃えかすの炭を用いた筆。六十九段）で書き付けた。この歌は六十段の、

かはらけとりて出したりけるに、肴なりける橘をとりて、
　五月まつ花橘の香をかげば
　むかしの人の袖の香ぞする

から取られた。さらに、懸子に花橘を上に入れ、その下を三重にし、中を分けて菓子六種を入れた。ひじきも外居にいれた。ひじきものには、三段の「思ひあらば葎の宿に寝もしなむひじきものには袖をしつつも」の歌を添えた。その下には、肴鳥六種を菓子のようにして置いた。青瓶は口を包まないで藤花を差し、糸で結んで房を長く垂らし酒を入れた。下絵を描いた檀紙で箸入れを作り、表書きに十三段の「武蔵鐙さすがにかけて頼むにはとはぬもつらしとふもうるさし」の歌を書いた。外居には飯を入れ、その上に飾り粽を積んで飯を隠して見えないようにした。この外の食器類にも物語の内から飾り付けたとある。翌々日に撰者たちへ出した。会食した人々は、歌の書かれているのを見て『伊勢物語』の何段目かの内容か、瞬時にして理解し合い、おおいに酒肴を楽しんだ。

定家は、『土左日記』『更級日記』などの多くの古典籍を書写した。『伊勢物語』も数種の本を写し、我々が読むこの物語も定家本とよばれる写本が定本として、重んじられている。歌人として定家の遊び心の趣向が『伊勢物語』の宴となった、見事な食事の用意である。

この定家の遊び心が、人々をして古典を共有の教養として楽しむ、日本文化の奥深さを端的に現して

いるとも言える。今もその伝統が茶道などに息づいている。茶会をどんな趣向に見立てをするかをまず考える。『伊勢物語』と決まると、茶席の床は俵屋宗達描く業平の東下りの掛幅、花入れにはかきつばた、風炉先屏風には八橋の風景、釜・茶杓などの道具立て、懐石・お菓子を『明月記』のように取り合わせて、客・亭主共に楽しむのである。

第三部　歴史的位置づけ

第九章　本地垂迹説からの独立と古今伝授

一　はじめに

藤原定家は、生存中から大歌人として認められているが、それ以外に、当時の貴族たちの中で、きわだった存在ではなかった。父俊成も一人で『千載和歌集』を撰進したり、歌論書『古来風躰抄』を著したり、写本類も五条の火災で全焼したものの、定家本と遜色のない写本群を形成していたであろう。独自の歌風を作り、後世に影響を与えている。俊成と比較して、なぜ後世に定家だけが前面に押し出されているのであろうか。

また、美術面では、室町時代の茶人武野紹鷗が定家筆『小倉色紙』(『百人一首』を書いたもの)を茶会の床に掛けたところから、第一番の色紙とされ、最高の古筆切とされたため、一行の断簡さえも定家筆として尊重された。しかし、もっと深いところに定家尊重が認識されていたと思えてならない。

勅撰集『新古今和歌集』の撰者になり、さらに『新勅撰和歌集』を一人で撰進した。没後も時代がたつとともに、歌聖として崇拝されるようになる。後世にいたるまで定家尊重は極端に突出している。歌聖定家の基となったものはどこにあるか。不思議でならない。

それはなぜであろうか。筆者は冷泉家に参上して以来、この問題を考え続けてきた。答えはいまだに出ないが、ある考えに行き着いた。

定家は、中世の本地垂迹説における、仏の下に置かれていた神を、その位置から脱却させるために、いち早く古今伝授を秘伝化することにより、達成させようと思ったのではなかろうか。和歌の秘伝化を神事とすることで、御所伝授の成立がなったと思われる。それは、文化史上、大転換をなす契機になったはずである。この過程の中で、定家はどのような役割を担っていたか。この歴史の謎を解き明かしたいと思っている。

絵空事のような話ではあるが、冷泉家の書物を見ていくうちに思い至った。それは日本中世思想史へとつながる大きな問題であるため、本書では大筋を述べるにとどまざるをえない。

まず、本地垂迹説の前に、宗教とは何かを考えてみたい。

二　宗教とは何か

宗教の定義

神道と仏教は果たして宗教であろうか。その定義に、加地伸行『儒教とは何か』の中[1]に、

いったい死についてどのような学問や文化が語りうるのであろうか。医学は死までを説明しえて

も、死以後については、まったく無力である。人々は死を逃れるために医学にすがりつくが、生物である以上、最終的には、いずれも死は避けられない。とすれば、その恐ろしい死のあと、死後について説明を求めざるをえない。そのとき、死後について説明している、あるいは説明できるものは、唯一、宗教だけである。私は定義する、「宗教とは死ならびに死後の説明者である。」と。と記述され、宗教を定義された。キリスト教は天国があり、仏教には浄土の世界があり、死後の世界を描いている。はたして、神道は死後の世界を描いているのであろうか。

神道

神道は死後の世界を、「浄土や天国のようなものを描きされていなかった。」のではなかろうか。『古事記』や『日本書紀』神代巻等を読んでみても、死後は地獄のような世界ばかりが描かれているが、浄土や天国は描かれていないのではないか。加地氏のいわれるのは、天国・浄土であって、地獄の世界は、現実の世界の汚さを具現化すればよいため、どの宗教でも描けると思われる。

『古事記』上巻では、死後の世界を黄泉国と説く。伊邪那岐命（イザナギノミコト）は、妻の伊邪那美命（イザナミノミコト）の死後に会いに行くために黄泉路を通って、根の国（『日本書紀』）に入ったという。

その描写は、上巻[2]に、

是に、其の妹伊邪那美命を相見むと欲ひて、黄泉国に追ひ往きき。爾くして、殿より戸を縢ぢて出で向へし時に、伊邪那岐命の語りて詔ひしく「愛しき我がなに妹の命、吾と汝と作れる国、未だ作り竟らず。故、還るべし」とのりたまひき。爾くして、伊邪那美命の答へて白さく、「悔しきかも、速く来ねば、吾は黄泉戸喫を為つ。然れども、愛しき我がなせの命の入り来坐せる事、恐きが故に、還らむと欲ふ。且く黄泉神と相論はむ。我を視ること莫れ」と、如此白して、其の殿の内に還り入る間、甚久しくして、待つこと難し。故、左の御みづらに刺せる湯津々間櫛の男柱を一箇取り闕きて、一つ火を燭して入り見し時に、うじたかれころろきて、頭には大雷居り、胸には火雷居り、腹には黒雷居り、陰には析雷居り、左の手には若雷居り、右の手には土雷居り、左の足には鳴雷居り、右の足には伏す雷居り、幷せて八くさの雷の神、成り居りき。

是に、伊耶那岐命、見畏みて逃げ還る時に、其の妹伊邪那美命の言はく、「吾に辱を見しめつ」といひて、即ち予母都志許売を遣して、追はしめき。

と記述する。死後の世界の黄泉国に行って、見るなといわれたが見てしまった。妻の体には蛆がたかってころころと蠢き、頭には大雷、胸には火雷、腹には黒雷、女陰には析雷、左手には若雷、右手には土雷、左足は鳴雷、右足には伏雷がいて、八種の雷神が成っていた。それを見た夫は、恐れて黄泉国から逃げ出してしまった、とある。

天上界の高天原、地上界の葦原中国に対して、死者の行く黄泉国は下界と考えられ、穢らわしい暗黒の世界であった。そうなると、死後の世界は、仏教でいう地獄の世界の描写だけである。このような状況は『今昔物語集』（巻第二十九第十八）の平安京羅城門上層にある遺体の話であり、日常的にみられる

情景であった。『明月記』寛喜三年（一二三一）七月三日条に、

草廬西小屋縦小路、号転法輪、死骸逐日加増、臭香徐及家中、凡不論日夜、挹死人過融者、不可勝計云々、

とあり、死臭が家にまで徐々に入ってきている。さらに同月十五日条に、

自是又詣吉田了、昨日北山大納言入道会合云々、京中道路、死骸更不止、此西小路連日加増、東北院内不知数云々

と、京中の死骸の有様をまざまざと記述している。

一般的な神道理解は、アニミズム（animism）といわれる山や川などの自然や自然現象に霊が宿るという原始宗教的な要素が強い。神道は自然界に八百万の神が居り、その神が暴れると災害等が起きると考え、その神を鎮めることを目的にしていると思われる。自然と神とは一体的に認識され、神と人間とを取り結ぶ具体的作法が祭祀であり、その祭祀を行う場所が神社である。

現代の身近な例として、京都市の上賀茂神社の社家の人が亡くなったため、お宅に訪問してお参りをしたいというと、遺族の方が、我が家には仏壇とか神棚がなく、来られても何もないとのことであった。神道は、人が亡くなった後、遺族がその人を偲ぶものは何もない。「依り代」に魂を移して祀を行う。しかし、人は故人の霊を仏間や祭壇を造って、菩提を弔いたい思いがあった。そのためには、浄土を描き供養する仏教が必要になった。

この問題を仏教説話の研究者の橋本正俊氏に聞いてみたところ、氏は知人の日本中世仏教史研究者船田淳一氏に聞いてくださった。橋本氏に届けられたメール（船田氏に許可を戴いて掲載する）に、

先にうかがいました「日本人が仏教を受容した背景には、神道が明確に描いていなかった死後の世界を、仏教は描けていたからではないか」という問題につきまして、お返事いたします。

一般論としては間違ってはないと思います。

私も日本思想史の講義でそういったことを話しました。「『古事記』を見れば分かる通り、素朴な「黄泉国」程度の他界観・死後観念しか持ち合わせていなかった、この列島の住人に、仏教は明確なそれを与え、結果的に日本精神史上で極めて重要な意義を担ったのだ」と。ただ問題は、外来文化である仏教の受容に踏み切った時代、すなわち仏教伝来初期において、それが言えるかですね。

今回、改めて幾つかの宗教史や思想史の本を確認しました。末木文美士『日本仏教史』、梅原猛『日本人のあの世観』、速水侑『日本仏教史　古代』、田村円澄『仏教伝来と古代日本』には、それらしい記述はありませんでした。しかも佐藤弘夫『死者のゆくえ』の四八〜四九頁によると、古代仏教に期待されたのは、死者の魂を他界浄土へと送り出すことではなく、魂の浄化機能であり、それゆえに悔過の儀礼が盛行したとのことです。そして古代における他界浄土の観念は極めて抽象的なものでしかなく、中世になってようやく他界観はリアリティを獲得するのだそうです。

魂の浄化とは死後の問題（他界浄土への往生など）と全く無関係ではないように思いますが、仏教伝来初期段階で他界観を云々するのは難しいということになります。

ただし西田正好『神と仏の対話』六八〜六九頁によれば、「死の宗教」を持たなかった日本人に仏教はありがたがられ、古代豪族はいっきに仏教信仰へと傾斜したのであり、日本仏教は初めから

「葬式仏教」だったとのことです。もしそうであるならば、仏教の他界（死後世界）観が、その当時、ある程度は受容せられていたことになるでしょう。

また林屋辰三郎『日本の古代文化』によれば、継体・欽明天皇時代の内乱によって多くの人々が亡くなり、死後世界への認識が深まって、横穴式石室や仏教信仰の発展に連なったとあります。仏教によって死後世界への目が開かれたと限定的には言えませんが、やはり「死の宗教」として仏教が、古代豪族に受容されたとは言えます。

確かに仏教伝来当初は、仏は現世利益を与える神と同じレベルで受容されたとはよく言われますが、長い目で見れば、日本人の中に明確な他界観が根付いていったのは仏教のお陰です。もう少し、他の本に当たってみますが、とりあえずのご報告をさせていただきます。

と、答えを戴いた。

仏教を導入する際にも、仏教導入派の蘇我氏と、反対する物部氏の争いがあった。丁未の乱とか物部守屋の変ともいい、五八七年七月に大連の物部守屋が乱を起こした。大臣の蘇我馬子が聖徳太子と図り、追討軍を派遣して殲滅した。その結果、仏教が日本で認められることになり、太子は四天王寺を建立した。また、太子は隋に遣隋使を派遣して大陸の文化や制度を取りいれた。

これ以降、政治体制も中国の律令制度を導入して国家体制を確立した。中国との相違点は、太政官だけでなく、神祇官を新たに創設して神道を体制内に位置づけ、二官八省とした。仏教は聖武天皇の建立した東大寺が国分寺国分尼寺の総本山となり、鎮護国家の宗教となった。

日本文化の確立――古今和歌集と遣唐使の廃止――

唐王朝の混乱と崩壊により、八九四年遣唐使の廃止となる。民間の貿易は、その後も行われていたが、国家としては鎖国状態となる。日本の独自性を模索する時代となった。また、律令体制も崩壊しつつあった。言い換えると、中国の律令制度を基に、日本にあった政治制度に改変していき、摂関政治に向かっていった。

文化面では、九・十世紀頃から漢字から仮名が成立する時代でもあった。『経国集』『凌雲集』などの勅撰集の漢詩集から、和歌集の勅撰集『古今和歌集』が成立したのが九〇五年である。この根底には、記録体を書くのに適した漢文と、人の心情を描写するのに適した平仮名がある。この平仮名により、日本の文化が確立する。『古今和歌集』の序文の冒頭で、

倭歌は人の心を種としてよろづの言の葉とぞなれりける。

と記すのは、日本文化の独立宣言といっても言い過ぎではなかろう。

神道も、神祇官制も崩れていく中で、日本化された本地垂迹説が生まれてきた。

本地垂迹説

本地垂迹説は、大日如来の化身が天照大神とする思想である。仏教の日本化であり、神道の仏教化ともいえる。この融和化の原因は、前述の加地氏の「宗教とは死ならびに死後の説明者である。」との定

義である。この説に導かれて、「神道は荒ぶる神を鎮める思想である。地獄の世界は描けても、天国・極楽浄土を神道では描ききれなかった。そこで、仏教の浄土を借りたために本地垂迹説が生まれた。また、菩提を弔う思想がなかったため、供養を仏教に依存することとなった。」と筆者は考えている。さらに、比叡山横川の恵心院にいた源信が、寛和元年（九八五）に『往生要集』を著した。本書は、多くの仏教書から極楽往生に関する文章を集めたものである。死後の極楽往生のため、浄土教を説き、地獄極楽や厭離穢土と欣求浄土は、貴族たちに大きな影響を与えた。

さらに、大嘗祭のとき、密教の印明灌頂をする即位灌頂が後三条天皇（一〇三四～一〇七三）のときから行われたという。神仏習合である。

神道書から説明するよりも、本地垂迹説を端的に象徴する遺品が表現する方が理解しやすい。『春日宮曼茶羅』一幅（奈良国立博物館蔵）がある。法量は、絹本著色、縦八七・三センチ横四一・八センチで、鎌倉時代（十三世紀）作である。同館の学芸員谷口耕生氏の解説[3]によると、

西方から東方を向いた俯瞰の視点で春日社の景観を描く。春日山の上方に浮かぶ五つの円相内に表された春日社の本地仏五尊のうち、右から二番目の一宮本地仏を、通例の釈迦如来ではなく三目八臂の不空羂索観音として描くのは極めて珍しい。藤原摂関家を中心とする興福寺南円堂本尊への崇敬を背景として、春日社一宮本地仏を不空羂索観音とする説は古来行われてきたが、とりわけ春日社の本地仏に言及する初見史料である承安五年（一一七五）の春日社神主大中臣時盛による「春日大明神御躰本地注進文」は、一宮＝不空羂索・二宮＝薬師・三宮＝地蔵・四宮＝十一面・若宮＝

文殊と説いており、本図はこれと全く同じ古式の本地仏五尊を踏襲する稀有な作例である。この五尊構成は永仁二年（一二九四）に二条教良が起草した『春日社私記』の本地仏説にも採用されており、摂関家を中心に一定の流布を見たものと考えられる。

これら本地仏の端正な面貌や、精緻な截金線を置く着衣の衣文、一本一本丁寧に描き分ける御蓋山の樹木、先端が馬蹄形をなす帯状の霞など、十三世紀に遡る春日宮曼荼羅と共通する描写が認められる。景観に比して本地仏を大きく表し、春日西塔を正面向きに捉えるなどの構成は、十三世紀末から十四世紀初めの作とみられる春日宮曼荼羅・千体地蔵等扉絵とよく一致することから、本図もこれに近い時期の成立と考えられよう。

と記述する。春日社の本地仏は、一宮社が不空羂索観世音菩薩、二宮社が薬師如来、三宮社が地蔵菩薩、四宮社が十一面観世音菩薩、若宮社が文殊菩薩を表している。摂関家の神社であり、氏寺は興福寺である。例えば、延暦寺は日吉神社、浅草寺は浅草神社などと社と寺が一体化になっていたとはいえ、神道は、仏教の下に置かれていた。

三　神道の独立と和歌——古今伝授——

本地垂迹説が成立し外来仏教と神道が一体となった以降も、その根底には、日本独自の宗教・文化の意識があり、神道の独立を志向する思いがあった。鎌倉時代中期頃から、仏が神の化身で、神に仏が従う神本仏迹説（反本地垂迹説）も説かれ始めた。仏教から独立しようとする運動である。伊勢神宮の度会氏は、『神道五部書』を作成し、伊勢神道（度会神道）の基盤を作った。しかし、天台宗の本覚思想の教義を用いて著述された。神道の理論家も仏教思想を借りて論述されるものであった。

また、仏教と距離を置こうとしたものに、『延喜式』（巻第五、斎宮式忌詞条）に伊勢神宮の斎宮で用いられた「忌み詞」が規定されている。仏教や不条理に関する言葉を言い換えで避ける語彙である。「仏」を「中子」、「経」を「染紙」、「僧」を「髪長」、「死」を「なほる」、「血」を「汗」等が挙げられている。穢れを排除する神道の思想である。

和歌の役割

本地垂迹からの独立を志向する時、和歌が用いられた。和歌の三十一文字は、伊勢大神宮に始まる三十神（神社）の象徴であり、三十一字目は作者であると説くように、和歌は神にささげる歌であり、神との対話が和歌である。とくに『古今和歌集』序に、

ちはやぶる神世には歌の文字も定まらず。素直にして言の心分きがたかりけらし。人の世となりて素戔嗚尊よりぞ三十文字余一文字はよみける。

とあり、また古注で、

素戔嗚尊は天照御神の兄也。女と住たまはむとて出雲の国に宮つくりしたまふ時に、その所に八色の雲立つを見てよみたまへる也。

八雲立つ出雲八重垣妻こめに八重垣つくるその八重垣を

とある。これが和歌のはじまりと説く。この起源説から、筆者は和歌が神に対する通話の役割を持っていたと考えている。(4) 江戸時代になるが、国士たちは切腹の時、辞世の和歌を詠んだことも、その現われであろう。『千載和歌集』序に、

うたはたゞよみあげもし詠もしたるに、なにとなくえんにもあはれにもきこゆる事のあるなるべし。もとより詠歌といひこゑにつきて、よくもあしくもきこゆるものなり。

とあり、和歌は大和の言葉で歌うものである。文字ではなく言葉であり、祝詞と同じものが和歌であった。

右のように和歌を理解することにより、神道の独自性を和歌と結び付けて考える古今伝授が生まれたと想定される。

古今伝授

伝授の内容は、『古今和歌集』の解釈である。秘伝とされる三木三鳥伝の意味は「三木→御賀玉木―鏡―正直。妻戸挿花―玉―慈悲。加和名種―剣―刑罰。」「三鳥―姪名負鳥―帝―万物の根元。喚子鳥―関白―国常立尊。百千鳥―群臣―万物の形色声」のように神道と結び付けられた。伝授の形式は、「血脈・切紙・聞書・許可状・誓状（起請文）・口決（くけつ）」である。しかし、形式は密教の「血脈・印信（いんじん）・許可（こか）・口決」の仏教の灌頂（かんじょう）伝授を下敷きにしたものである。理論化の難しい神道にとって、仏教論理を用い

なければ表現できなかった。

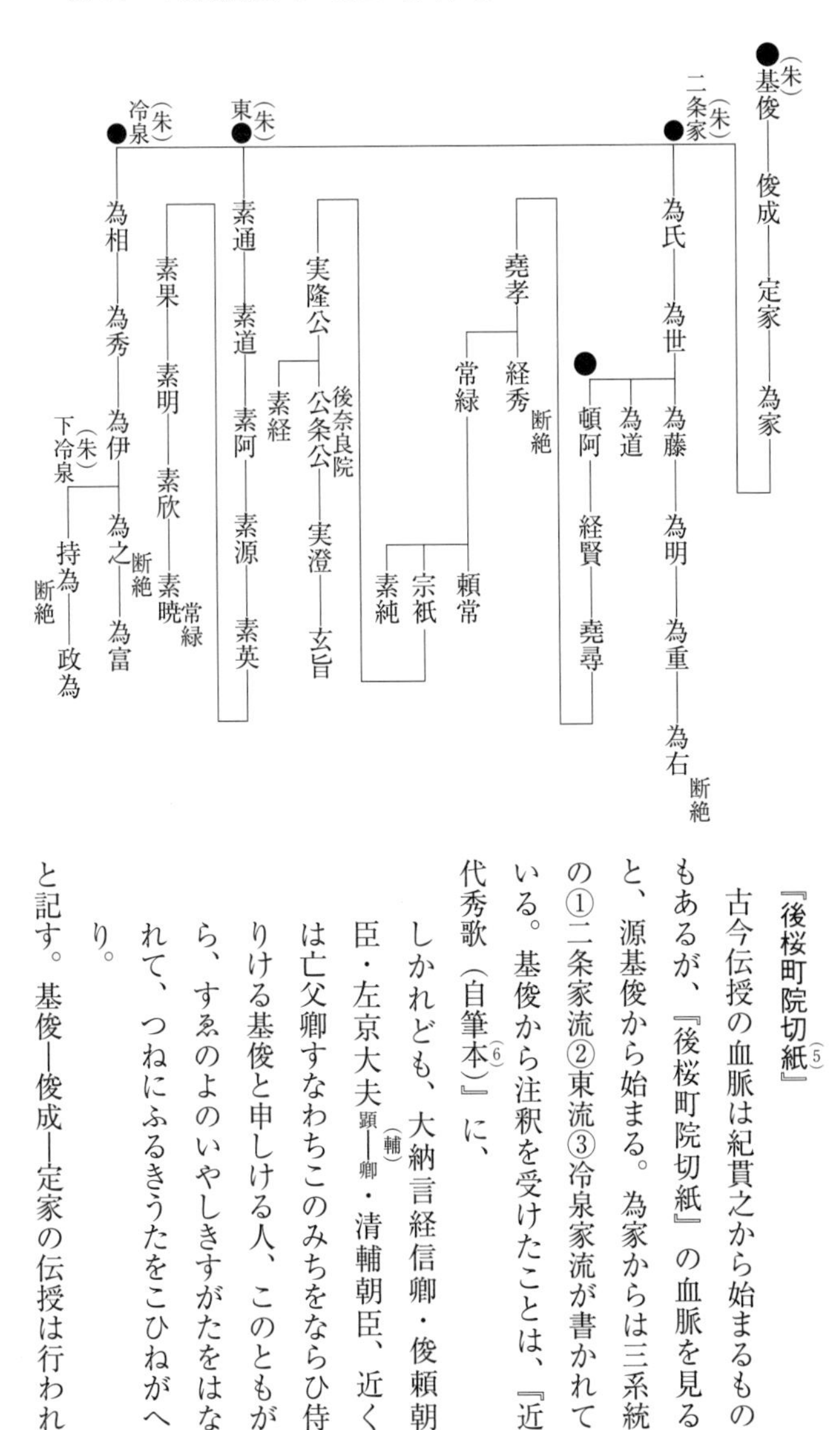

『後桜町院切紙』(5)

古今伝授の血脈は紀貫之から始まるものもあるが、『後桜町院切紙』の血脈を見ると、源基俊から始まる。為家からは三系統の①二条家流②東流③冷泉家流が書かれている。基俊から注釈を受けたことは、『近代秀歌（自筆本）』(6)に、

しかれども、大納言経信卿・俊頼朝臣・左京大夫顕(輔)卿・清輔朝臣、近くは亡父卿すなはちこのみちをならひ侍りける基俊と申しける人、このともがら、すゑのよのいやしきすがたをはなれて、つねにふるきうたをこひねがへり。

と記す。基俊―俊成―定家の伝授は行われ

ていた。[7] この相伝を示すものに、『冷泉家古文書』一四九号『冷泉為秀申状案』一通[8]がある。そこには、「為相卿遺跡事」として、書籍・伝授を説明している。それによると、

次文書相伝当流畢、他誰人相争哉、所謂自御堂関白相承之秘書、自左金吾基俊、当道伝受之奥秘等、況亦五条三位入道俊成卿・京極中納言定家卿・中院大納言為家卿自筆秘蹟、代々勅撰家々集等家記・口伝・故実抄物以上自筆等、其外至于和漢史籍、已及数百合、為秀悉皆所令相続也、

と記述する。御堂の藤原道長からの書籍を伝えているという。さらに、左金吾の源基俊からの伝受の奥秘があり、俊成—定家—為家—為相—為秀へと伝えられているという。

さらに、血脈を検証すると、東流は二条家が断絶しても頓阿の流れの中で常縁が受け継ぎ、細川幽斎の玄旨まで二条家流を相伝していた。そうなると、二条家流と冷泉家流とに集約される。しかし、為氏と為相はともに為家の子息である。同じ系統なのに、相伝の内容が相違する箇所がある。例えば、「富士の煙」を二条家流では「断たず」とし、冷泉家流では「立たず」とする。この相違はいずれからきたのか。

それは、飛鳥井雅有『嵯峨のかよひぢ』[9]の記事から推定できる。その文は、九月十七日から始められた源氏物語の講読の十一月の最終にあたり、

廿七日、手習の残り、夢浮橋果てぬ。やがて古今取り寄せてひとわたり読むべきよしをいへば、あるじ輿に入りて、家の秘本、記ある所には点合ひ、読みにくきことには草注したる本を取り出でゝ、「これは起請を書きて、人に見せぬ本なれども、心ざし有り難ければ、授け奉らん」とて「先づそ

の本を読むべし。悪き所どもを問きて直さん」とて、次第に点声写し、難義を尋ね極む。秋の下にて日暮れぬ。

廿八日、巳の時ばかりに行きて、古今廿巻を習ひ通して、奥書取りぬ。暮れぬれば、例の酒あり。あるじの曰く「大納言いまだこれ程詳しく受け通したることなし。いはんや源氏沙汰せず。又、こと人、将かく細かに沙汰したる人、昔も今も聞かず。」有り難きよし、返す〳〵色代せらる。大方は源氏にも古今にも、不審残る所々あれど、外はなきに同じければ、これ程我が国の才学ある人はあらじと覚ゆ。更くれば帰りぬ。

と記す。長男大納言為氏さえも、詳しく伝授を受け通していないという。源氏物語の講読も行っていないという。雅有は、三か月間に行われた講義を完成する。この記述からいえば、『後桜町院切紙』は十分に伝授を表していないことになる。その原因は伝授と親子関係の系図とを混同していることにあると思われる。

二条家流

為家は、為氏には不十分な古今伝授しかしなかった。しかも俊成定家以来の歌書類は、為家が子息為相に譲った。その文書『融覚譲状』[10]は、

相伝和歌・文書等、悉皆為相ニゆつりわたし候、目六同副遣、返々あたなるましく候、あなかしこ〳〵、

文永九年八月廿四日融覚（花押）

侍従殿

とあり、歌書等すべてが為相に譲渡された。また、『源承口伝抄』[11]に記されるように為相の母阿仏尼は、二条家へは絶対に書籍を渡さず見せもしなかったことが書かれている。そうなると、為氏は自らが受けた不十分な古今伝授を他で補い、かつ定家本以外の書籍を求めることになる。

そこで、為氏は基俊と対立する六条藤家流の古今伝授を学んだと思われる。古今伝授の成立を為氏の弟為顕から確認されると三輪正胤氏[12]が論証された。兄の伝授を完成したともいえる。

六条藤家の祖・藤原顕季は人麻呂影供歌会の創始者であった。子息顕輔も崇徳院の命で勅撰集『詞花和歌集』を撰進した。その子孫たちの清輔・顕昭は歌論を著すなどして、藤原俊成らと対抗した。歌壇史では、源基俊と藤原顕季の古今集解釈の対立があったことは認められている。この大きな流れが古今伝授へとつながっていく。為氏は六条藤家を学び新しい流れを作り出した。学べたのは、俊成が顕輔の猶子になり顕広と名乗っていた時代もあり、定家も『顕注密勘』を書写して勉学していたという素地があったからであろう。そのようなこともあり、為氏は二条家流を創設しやすかったと思われる。人丸御影を掛けてその前でおこなう伝授であった。六条藤家では清輔の歌学書『奥義抄』下巻が秘伝化[13]していたともいう。意外なことに、冷泉家の歌書類中に二条家本が収納されており、同家本の系統が六条藤家のものか検討することができる。

六条藤家系二条家本

二条家が断絶すると、同家歌書類が冷泉家に収納された。冷泉家文書に、『足利義持御判御教書案』[14]がある。その文書は、

御判

和歌所文書幷近江国小野庄領家職、其外所々当知行之家領、次屋地在所等事、任親父為尹御譲状、侍従為之相伝知行、不可有相違之状、如件、

応永廿一年六月十八日

とある。鎌倉時代中期以降、二条家が勅撰者の家柄となり、多くの勅撰集を奏進した。編纂所である和歌所が二条家にあり、その所領として小野庄があった。二条家廃絶後に、和歌所文書と荘園とが冷泉家に譲渡され、さらに冷泉為尹が子息為之に譲る際に将軍家が安堵した文書である。

筆者は、冷泉家の典籍類を長年調査して、写本のまとまりに従って仕分をしていった。その成果が『本を千年つたえる』[15]である。仕分の結果、歌壇史と同じく六条藤家と源基俊の冷泉家との系統に分けられることが判明した。その代表例が「擬定家本」である。

擬定家本

擬定家本[16]は、巻頭一・二丁が定家の筆跡を模した、いわゆる定家様で書写された鎌倉時代後期の歌書群三十二冊である。親本は定家本かと錯覚する。しかし、調べてみると、永仁年間頃に藤原資経が書写

した私家集群（資経本）の写本と判明した。同名の歌書を比較すると、行数や筆跡まで擬定家本は資経本と一致する。また、遠藤邦基氏の研究(17)によると、資経本は定家仮名遣いになっていないが、擬定家本の定家様の部分は、定家仮名遣いに改変されている箇所もあることを明らかにされた。定家以来の冷泉家歌書は定家仮名遣いによる書写が基本になっている。そうなると、資経本は二条家系の歌書となる。

だが、どうして二条家系は擬定家本を作製しなければならなかったのか。それは、当初の二条家には、定家本がなく、為氏が不十分な古今伝授しか受けられなかったことが原因であっただろう。為氏の時代から定家尊重の風が高まり、どうしても定家本が必要であった。そのため鵜鷺系統の仮託書が作られた。このように、二条家流の古今伝授も作られていった。

冷泉家の古今伝授

振り返って、冷泉家の古今伝授はどのようなものであったか。阿仏尼には古今伝授が行われていたと思われる。が、阿仏尼は、鎌倉幕府で細川庄訴訟裁判を行っている最中に亡くなってしまった。少年の為相は、冷泉家を継いだが、伝授はなかったと思われる。冷泉家の古今伝授が二条家流と大きく相違する点は、伝授に伴う講義がないことである。伝授には必ず口伝が伴うものである。それ故に二条家と相違して流布しなかった原因でもあろう。

冷泉家の伝授は、口伝がないため箱伝授となった。伝授箱を相伝し、ある年齢になったときに、その箱を開けてみるだけであった。光格上皇が病気のために仁孝天皇への伝授ができなかった時、箱伝授の故実を用いて伝授したことが見えている。[18]

藤沢の清浄光寺（遊行寺）に冷泉家の伝授の集積といわれるものが伝わる。この内容は、『古今和歌集』の講義を書いた切紙であった。そうなると、伝授箱の中には、俊成が基俊から注釈を聞き、俊成から定家が聞き、為家が定家から伝授された書留の切紙が入っていたのであろう。

この古今伝授を神との通話と位置づけて、神事化したのが定家と思われる。その証として、起請文を伝授に用いたことを指摘できる。この故実により、定家崇拝がおこったと考えている。

四　起請文

起請文は、契約を交わす際、それを破らないことを神仏に誓う文書である。起請文書は公式文書の箇条書の申請文書から成り立ち、国家の公文書としての背景を持っていた。[19] 平安時代後期頃から、契約内容を書き、差出人が信仰する神仏の名前を列挙し、この契約を破った場合は神仏の罰を受けるという文言を書く。契約を破ると天罰が下ると信じられた。

定家の起請文

古今伝授の際に、定家が提出した起請文がある。この起請文が収録されている『八雲神詠伝』を取り上げて考察しているのが、海野圭介氏の論文「吉田神道と古今伝受『八雲神詠伝』の相伝を中心に―」

である。海野氏によると、『八雲神詠伝』を解説[20]して、

『日本書紀』に載る素戔嗚尊の詠じた、「八雲立つ出雲八重垣妻籠みに八重垣作るその八重垣を」の一首に発想された秘伝書『八雲神詠伝』は、神道家の説く四妙大事（「八雲立つ」の一首に「四妙」が含意されているとする説）と歌道家の和歌起源説（周知の如く「八雲立つ」の一首は和歌のはじめとされる）の重なりあうところに生み出された秘書で、宗祇と兼倶の互助、和歌の伝統と神道の権威の相互依存により作成されたと考えられている。即ち、宗祇の側には、自身の説く古今説を神道の秘伝を加えることで権威化しようとする意志があり、兼倶の側からすれば、長い歴史を持つ和歌の家の遠祖定家への伝授（『八雲神詠伝』は定家から卜部兼直へ宛てたとされる誓紙を含む）という歴史的事件を作り出し、その伝統を自家の歴史に準える目論見があり、双方の利害の一致の許に『八雲神詠伝』は作り出されたとされる。

とされる。『八雲神詠伝』[21]は、

三輪氏が諸本を博捜しつつ端的に示したように、次のⅠからⅣの四つの部分の組み合わせからなる（掲出の奥書は天理図書館蔵『八雲神詠口決書』〈吉八一―一二八八〉）。

Ⅰ藤原定家発給卜部兼直宛誓紙

藤原定家から卜部兼直に宛てたとされる誓紙。次の文言を配す。

八雲神詠口決事、神代之極秘、唯受

一人相承、実以和国大事、不可如之候、

感賜懇志御伝受之条、三生之厚
恩候、於当流正脉一人者、可伝受候、
自余雖為実子、敢不可相続候段、且
奉任天神地祇証明候、恐々謹言
二月九日　　　定家
兼直冷泉権大副殿

Ⅱ超大極秘之大事
端に「超大極秘之大事」と記す切紙の集成。「八雲神詠四妙大事」、「初重」「二重」「三重」「四重」「五重」の六通からなる。
「八雲神詠四妙大事」は、「初字妙」「二句妙」「三意妙」「四始終妙」「五逸妙」の五段階で「四妙」説を説く切紙。「五逸妙」は「別ニ伝之」とし標目のみで本文は記されない。
「初重」は「逸妙ノ二字ノ大事」、「二重」は「陰陽神詠数之大事」、「三重」は「十八字妙支配之大事」、「四重」は「十八意妙支配之大事」と題される切紙。ともに吉田兼倶の説いた神道説の援用であることは三輪の指摘がある。

Ⅲ四条前黄門宛吉田兼倶伝授奥書
吉田兼倶から「四条前黄門」へ宛てた伝授の完遂を伝える奥書。「四条前黄門」は未詳。
文明十六年十二月日

抑此五ケ切紙者、神国口決、唯受一人、
大事、神道極秘也、依志難黙、
奉授与四条前黄門者也
従二位侍従卜部朝臣兼倶

Ⅳ化現之大事

「化現之大事／奥旨至極重位／三神三聖之口決」と題した切紙。表筒男神、中筒男神、底筒男神の住吉三神が、衣通姫、人丸、赤人の三聖と同体であることを説く。

と史料を挙げ、さらに解説して、

藤原定家が卜部兼直から「八雲神詠口決」を相伝したとするⅠは史実とは考えられず、Ⅱ以下に記載される内容においても、Ⅱに述べられる十八神道の概念、Ⅱに展開される四妙大事とⅣ化現之大事の対応関係（三輪は、兼倶が『唯一神道名法要集』において説いた「宗源」の対応関係との類似を指摘する）といった点から見ても、『八雲神詠伝』は兼直の著述とは考えられない。Ⅲ四条前黄門宛吉田兼倶伝授奥書に「兼倶」の名が見えることから、兼倶以降の成立と推測されるが、出村勝明によって、天理図書館蔵吉田文庫に所蔵される兼倶筆『日月行儀並諸伝』（吉八一―四〇七）に文明八年（一四七六）の年紀を付して『八雲神詠伝』に相当する内容が記されていることが報告されており、文明八年前後に兼直の著述を装い兼倶によって作成された偽撰の書と判断される。

と詳論する。偽書であっても、

宗祇と兼倶との関係に戻って見れば、鶴見大学附属図書館に所蔵される『詠歌口伝書類』として整理される切紙集に収められた切紙のうち、『八雲神詠伝』に相当する内容を含む「神道口伝事」と端書する部分に、文明十五年（一四八三）の兼倶から宗祇への伝授を伝える次のような奥書が記されている。

文明十五年四月十八日以累代口決唯受一人相承
所令授与宗祇禅師了
神祇長上従二位卜部朝臣兼倶（花押）

『詠歌口伝書類』は、伝承経路の明らかではない切紙類の雑纂で、その成立や所収される切紙の性格等についても未詳の部分を多く残すものの、宗祇と兼倶との関係において文明十五年という年に伝授が行われたとするのは不自然ではなく、一応は同年に兼倶から宗祇への『八雲神詠伝』の相伝が行われたと考えられる。

と、宗祇の古今伝授の中に吸収されていったと説く。海野氏は、『八雲神詠伝』を「文明八年前後に兼直の著述を装い兼倶によって作成された偽撰の書と判断される。」と偽書説を打ち出している。ここで大事なことは、後世の古今伝授に多大な影響を及ぼしているという事実である。吉田神道からの流れの中で、御所伝授の成立に、神道思想が強く打ち出されている。

特筆すべきは、Ⅰの「藤原定家発給卜部兼直宛誓紙」である。「且奉任天神地祇証明候、」の文言であり、起請文と同じである。とくに起請文でも仏教用語が入っていないことが注目される。起請文を提出したのは「兼直冷泉権大副殿」とあるが、海野氏も「Iは史実とは考えられず、」と明言する。また、三輪氏によると宛先のない誓紙を載せる伝本もあるという。この頃、吉田神道は成立していない一般的な神社である。たとえ吉田神社に宛てても、「天神地祇」の起請文言に神社名が入っていなければ、伊勢神宮宛である。

定家が伊勢神宮へ奉った起請文の意味は、伝授の際に起請文を作成することにより、神事であることを象徴させることであった。それまでの本地垂迹説から、神道の独立を目指したと想定される。

定家は古今伝授を通して本地垂迹からの独立を起請文に込めたと思える。前述の『嵯峨のかよひぢ』に記すように、為家も雅有に紀請文を提出させている。それ故に、御所で行われる伝授が神道を基調とする宮中に取り入れられたと思われる。再度強調するが、たとえ定家の起請文が偽文書であっても、中世後期の人々は、この起請文を信じていた。それ故に、御所伝授が成立するのである。

五　御所伝授と神事

二条家流の古今伝授は最終的には御所伝授となる。三条西家から伝えられた細川幽斎は智仁親王へと伝授した。さらに、寛永二年（一六二五）に親王から後水尾天皇へと伝授がなされ御所伝授となった。

この間の伝授の特徴として、海野圭介氏は、三条西家から禁裏へと伝わり江戸時代の禁裏・仙洞で受け継がれた伝授史料で、現在は宮内庁書陵部に所蔵されている『古今伝受史料智仁親王伝受慶長五―寛永四』（架号、五〇

一・四二〇）を調査され、[22]

従来の伝授の記事に見られない要素として、机子に次いで記される「手箱」に入れられた「三種神器」がある。「三種神器」は通例、天皇即位に際して継承される八咫鏡・天叢雲剣・八尺瓊勾玉を指すが、当然ながらここでは神器そのものではなくそれを模したものが用意されたのであろう。

と論じられた。後水尾院より伝授を伝えられた日野広助の記録でも同図が添えられているなど「禁裏における伝授において踏襲されていったことが確認される。」という。この「三種神器」に象徴されるように御所伝授は神事そのものであった。いいかえれば、起請文に始まる神道化は、御所伝授によって神事として完成した。古今伝授の様態としての歴史を三輪正胤氏は、①潅頂伝授期—鎌倉時代②切紙伝授期—室町時代中期以降③神道伝授期—室町時代末期以降とされている。この歴史があってこそ、御所伝授が成立しえた。

また、御所伝授の特徴の一つに、一子相伝の要素が強い古今伝授を、多数の臣下へ授けられたことが挙げられる。

この背景には、朝廷と幕府との争いがあった。政治は幕府により支配されていた。その中で文化面としての天皇の権威を保持する動きが朝廷側にあった。貴族文化の中心は和歌であり、その中で最も権威を持つのは勅撰集である。勅撰集は二十一代が撰集された。しかし、第十八代『新千載和歌集』からは、足利尊氏（一三〇五～一三五八）の執奏になり、最後の『新続古今和歌集』まで足利将軍の執奏になっていた。後花園天皇（一四一九～一四七一）は、二十二代集を企てたが、応仁の乱の勃発にはじまる戦国時代となり撰集を断念した。

後水尾天皇と御所伝授の成立[23]

天下統一後、徳川幕府が成立した。歌人でもある後水尾天皇（一五九六〜一六八〇）は、勅撰集を下命したかったと思われる。が、武家方と権力を争っていたこともあり、執奏による勅撰集は下命できなかった。天皇は権威の復活を示す一つとして、歌人の頂点と神道の把握のために、智仁親王から古今伝授を寛永二年（一六二五）に受けた。さらに、定家を家祖とする冷泉家の伝授を天皇は禁止したとも伝えられている。このように、唯一の伝授者を天皇とする御所伝授が後水尾天皇により成立した。成立しえたのは、宮中祭司を天皇自ら行なっていたことにもよるものであった。

天皇による伝授が成立し得るのは、三種神器にみるように神事としての位置づけがあったためである。さらに、定家の著書『定家仮名遣』『百人一首』『詠歌大概』等が含まれており、定家が書いたと思われる誓紙の起請文も伝受者によって提出された。

天皇は廷臣からの奏上を裁可するが、自ら主催するのは神事のみである。御所伝授も、伊勢神宮を中心とする神道に基づく神事として理解された故に、御所伝授が容易に取り入れられた。

後水尾天皇が御所伝授を成立させたのも、文化の支配者を志向したためである。冷泉家の伝授を天皇が禁止と伝えられるのも、天皇が唯一無二の権威者を目指したからであろう。

中世の古今伝授は一子相伝であった。その故に、細川幽斎が勅命により宮津城から退去して智仁親王へ伝授が行われた。その親王から伝授を受けた後水尾天皇は、寛文四年（一六六五）に後西院・中院通茂・日野弘資・烏丸資慶、明暦三年（一六五七）には妙法院堯然法親王・岩倉具起・飛鳥井雅章に相伝した。多くの伝受者を生み出したことは、中世と大きく相違する点である。天皇の文化の権威者としての表現であった。

さらに、この文化の権威者であることを求めた後水尾天皇は、伝受の二年後の寛永四年の紫衣事件である。元和元年（一六一五）に朝廷に幕府が出した「禁中並公家諸法度」を定めた第十六条に、朝廷が紫衣や上人号を授けることを禁じた条項がある。この事件は、この条項に反して、天皇が従来の慣例通り、幕府に諮らず十数人の僧侶に紫衣着用の勅許を与えたことによる。これを知った幕府は、事前に勅許の相談がなかったことを法度違反とみなして多くの勅許状の無効を宣言し、京都所司代板倉重宗に法度違反の紫衣を取り上げるよう命じた。この事件により、幕府の法度は勅許より優先するとされるようになってしまった。

明治に入って、近代の政治体制による天皇権が復権すると、明治元年に政府から出された、「神仏判然令」等による神仏分離令により、神道と仏教を分かつことができ、本地垂迹説も解消された。それとともに、古今伝授も消滅した。

容易に分離ができたのも、神道は仏教と融和をしていたが、融合していなかったため、本地垂迹説等はあっという間に消滅したと思われる。

また、中世日本の宗教は仏の化身が神とする、本地垂迹説が成立すると共に、神が仏から独立して、神道が宗教となろうとする過程でもある。結果として神道が独立したのは、神仏分離令という国家権力によらなければなしえなかったともいえる。しかし、菩提を弔い死後の世界を描ききれなかったため、現在のように並立した形態となったと思われる。

六　まとめ

後水尾天皇は、権威の復活を目指して、智仁親王から古今伝授を受け、天皇権の一環として御所伝授を創設した。唯一の伝授者を天皇とする御所伝授が確立されたのである。神事としての位置づけがそれを可能とした。その基を築いたのは、藤原定家であった。

神道は死後の世界を描ききれなかった。その欠を補うために、中世の宗教は浄土を描いている仏教のもとに、仏の化身が神であるとする本地垂迹説が成立した。しかし、いわば神が仏の下にくる関係の成立と共に、神道の独立も意識され始めた。

歌人の定家は、和歌が神との通話の言葉であったことを認識していた。鎌倉時代中期以降、定家は、伊勢神宮に対して起請文を書くことにより、『古今和歌集』の源基俊の注釈から選び、神道解釈をした切紙を用いて古今伝授を秘伝化にした歌人として認識されていたと思われる。それは本地垂迹説からの離脱を目指した人物として聖人化されていった。

古今伝授の成立は、権威を獲得するための神秘的な一子相伝の秘伝として創立された。秘伝というと、誰も知らない意味にとられるが、それだけでは権威にはならない。皆が伝受者を知らなければ、決して権威にはならない。内容は必ずしも歌学の対象にならなくても良い。形式化した古今伝授を完成した定家は、秘伝と周知の相反したところに、権威が生まれることを知っていたのである。

まとめ

本書は藤原定家の日記『明月記』の形態を通して、日本中世の世界を垣間見ようとするものである。中国の律令制度を取り入れて国家が形成されたが、この制度を日本の政治制度に変質・適合させる過程が中世である。十世紀から十一世紀にかけて、日本化が一応の完成をみたのが摂関政治の王朝であった。家柄が固定化されてきて、職種も固まりだした時代でもある。政治における新制等も発布されたが、家柄に伴う法律とか現行法などは国家としては作られなかった。あるいは、個別なために一般の法律としては作られにくかった。そこで用いられたのが有職故実であった。特に、宮仕のために、宮中での行動を書き留めたのが貴族日記である。日記は出家とか、年齢とか、個人によって相違するが、なんらかの理由で書き綴っていた日記を部類記に作り、家の有職故実書とした。それが『明月記』である。

日記はどの時代でも書かれているが、この部類記を作成する目的が貴族日記であり、律令制度を補完するものである。そのために平安時代から鎌倉時代にかけて多くの貴族日記が伝存している。

このような目的で作られた貴族日記の背景には、律令制度の崩壊があると言われるが、崩壊ではなく日本化したためである。日本化された律令制度の国司制度等が安定したことが、有職故実が作られた基本にある。その上に、定められた法律がないために中世貴族日記が書かれて編修されたのである。また、他の貴族たちの故実を参考にするために、定家は中御門右大臣藤原宗忠の日記『中右記』や皇后宮権大夫源師時の日記『長秋記』を書写していることでも、故実が現行法的な用いられ方をしていたことがわかる。

本書は、三部構成となっている。

第一部　総論

第一章は、『明月記』の形態論を概説した。一般に日記原本として見られているために、毎日書いた日記と思われていた。しかし、全巻を一度に見た時、筆跡も種々あり、そこには十九歳から書き始めて七十四歳に至るまでの筆跡の変化が全く見られなかった。さらに、どのように書いたかも「筆馴らし」等で見出した。また、原本から書写をした後に、切継等をして編纂していることがわかり、それは、部類記を作成して家柄の有職故実書を作るための準備段階であった。巻子本に清書の前段階の中書した日記は、利用するには該当箇所を見出すことが困難なため、折本装にして利用していた。

江戸時代になり、全巻が為久により冊子本に書写されると、文化財として保存するために、巻子装の修理が行われた。

第二部　各論

第二章、折本装を復元してみると、表紙に内容を示す目録の箇所がくる。表紙を見れば故実がすぐに引き出せるようにしていた。また、冷泉家での江戸時代の用いられ方を見ると、『北山抄』『江家次第』等の有職故実書と一緒の函に『明月記』の写本が収納されている。函の内容を検討すると、江戸時代に至るまで宮仕の有職故実書であったことが示されている。

第三章、巻子本の形態の一つに折返表紙があることを見出し、前でも後でも折返せば表紙になることを復元した。この装訂は、蓮華王院に所蔵されていた紀貫之自筆『土左日記』の表紙と同じであった。これは、定家本『土左日記』（国宝、前田育徳会尊経閣文庫蔵）奥書の記述と一致する。

第四章、定家二十四歳の時、宮中で源雅行を殴打した事件を起こし勅勘を受けた。その際、俊成が後白河院に「あしたづ」の歌を提出して嘆願した。この歌により勅勘が許されたことが『十訓抄』『古今著聞集』に見えている。この書状を検討すると、『明月記』の紙背文書であった。有職故実を目的とする『明月記』に遺されたこと等により、説話集が有職故実の側面を持っていたことを明らかにした。説話集を下級官人や雑色に読み聞かせることにより、宮仕のための予備知識として習っていたと思われる。

第五章、後鳥羽院が起こした承久の乱の時、定家は前年に院から勅勘を受けていたので、乱に直接的に関与しておらず、鎌倉幕府からの処罰を免れた。勅勘の理由は、院に提出した「野中の柳」の歌が逆鱗に触れたためである。この歌は、定家の私歌集『拾遺愚草』（国宝）にはない。しかし、原本を調査すると、当初は書かれていたが、切除されている。切除した理由は、乱後の家に何らかの影響があると定家が思ったからであろう。また、全体の筆跡を検討すると、多くは右筆書である。巻頭や巻末の遁世歌のところが自筆部分である。しかし、右筆書であっても編纂したのが定家自身であれば、「自筆本」といっても間違いではない。今後、自筆本とは何かの材料となろう。

第六章、古筆切の世界では定家筆のものは一行でも大切にされている。この流行は安土桃山時代から現在まで続いている。冷泉家では為満が山科言経ともに天正十九年（一五九一）に勅勘をうけて京から離れていた。この間に、許されることを周旋してもらうために、多くの定家本や古筆切を豊臣秀次や諸大名等へと提供した。また、為満の次男藤谷為賢は古筆家であり、冷泉家に自分の子息為清を養子として跡をつがせた。それらの関係から『明月記』をはじめとする蔵書が古筆切等として流出した。それを聞き及んだ徳川秀忠は、後水尾天皇に申し上げて、伝来本を収納する御文庫に武家伝奏と京都所司代の封印をして、勅封に準じた扱いがなされた。封印の時期は寛永五年（一六二八）前後であった。

第七章、今日、定家筆と定家右筆を含めて定家様とよばれている。この書風は、定家個人の様式ではなく、父俊成や子息為家の書風を比較すると、連綿体でなく、一文字一文字を切離して書く書法と結論できる。勅撰集編纂で和歌の短い文字数を正確に伝えるために文字を続けることはできなかった。例えば、定家本で「つ」や「へ」の文字の多くはなぞり書きをしている。それは、書き終わった後で校正する時、「つ」か「へ」かは迷う文字である。「松」か「前」かの意味の違いは大きい。そのために俊成様から定家様は作られた。定家様で書写された定家監督本は、定家が鎌倉時代の語訳でなおし、古代文学を理解しやすいようになったが、親本には遡れない点も生まれた。

第八章、『新古今和歌集』の編纂時の遊びを取り上げた。『伊勢物語』を取り上げて「かわらけ」に焼いた木の端で書いたことを復元している。この情景は墨書土器にも通じるものがあり、興味深いものである。

第三部　歴史的位置づけ

第九章、『明月記』や冷泉家の歌書類を調査して、定家ばかりが尊重されていることが、不思議でならなかった。現在も毎月、定家に関した論文が発表されていることに驚かされる。なぜであろうか。国文学研究者から見れば、定家本が現存しており、多くの歌学書を始め定家仮名遣いまで文字使用を作り上げた人物として、取り上げられるのは当然なことである。が、それにしても何かもっと大きな位置づけがあるのではないか。それは古今伝授ではないかと思い至った。ただし、それを証明することは至難のことである。しかし、概略だけではあるが、文化史上に定家を位置づけたいと思って略述した。

古今伝授を国文関係だけに位置づけると、矮小化されてしまう。伝授形式から見ると基本は神道である。

筆者は神道を宗教と思っているが、他の宗教に比して神道が欠いているものが何かを検討した。そこで、加地氏の定義から見ると、神道は浄土とか天国を描ききれていないことに気付いた。それを埋めたのが仏教であった。そこから自然に、天照大神は大日如来を本尊の化身とする中世の本地垂迹説が成立した。反面、本地垂迹説からの分離と神道の独立を模索していたのが中世であった。

定家が歌人として本地垂迹説からの脱却を模索し、伊勢神宮に奉げた起請文を用いることで、古今伝授を神道化させたと推測する。和歌は神との通話であったため、起請文を採用したのであろう。

この古今伝授は口伝を伴うものであったが、為相は口伝を受けられなかったために箱伝授となった。二条家流は、為氏が不十分な伝授のため六条藤家の歌学を取り入れて、独自の古今伝授を作ったと思われる。

この二条家流の古今伝授は智仁親王から後水尾天皇へと伝授された。天皇は御所伝授を創設した。御所伝授と以前の伝授の相違は、中世の一子相伝と違い臣下へ伝授したことである。この行為により、文化の天皇権を確立したと思われる。

定家は文化史上、宗教史上偉大であった。

以上、概略をまとめた次第である。

註

（第二章）

（1）新日本古典文学大系『江談抄　中外抄　富家語』（岩波書店、平成九年六月刊）五九九～六〇〇頁、

（2）湯山賢一「『摂関家旧記目録』について」（『古文書研究』六六号、平成二十年八月刊）。

（3）松薗斉『日記の家―中世国家の記録組織―』吉川弘文館、平成九年八月刊。

（4）松薗斉『王朝日記論』一〇七頁、法政大学出版局、平成十七年五月刊。

（5）『月刊文化財』平成二十五年六月号（五九七号）二〇頁、第一法規株式会社。

（6）拙著『古写本の姿』（『日本の美術』四三六、至文堂、平成十四年九月刊）四五頁。

（第三章）

（1）冷泉家時雨亭叢書第五六巻『明月記二』（朝日新聞社、平成五年十二月刊）二六五頁。

（2）増田勝彦・大川昭典「製紙に関する古代技術の研究（Ⅱ）―打紙に関する研究―」（『保存科学』第二二号、昭和五十八年三月刊）。

（3）前田育徳会尊経閣文庫蔵、国宝『土佐日記』一帖、縦一五・九センチ、横一五・五センチ、綴葉装升形本。

（4）拙著『古写本の姿』三九頁（『日本の美術』第四三六号、至文堂、平成十四年九月刊）。

（5）池田亀鑑『古典の批判的処置に関する研究　一部土左日記原点の批判的研究』（岩波書店、昭和十六年刊）五八頁。

（6）同右註、一九一頁。

（7）橋本不美男『原典をめざして』（笠間書院、昭和四十九年七月刊）二四頁。

（8）川瀬一馬『日本書誌学用語辞典』（雄松堂、昭和五十七年十月刊）五〇～五一頁。

（9）江上綏「本願寺三十六人集表紙絵の復元と考察」（『美術研究』第二百六十八号、昭和四十五年九月刊）四頁。『三十六人集』の八双の現状（二四頁）を、
　これは、X線写真および表の裂の傷んだ部分の肉眼による観察からわかる。現在用いられているそぎ竹のごく一部は、最近の修理の際に補修されたものである。これらいくつかの部分は、刊行会複製本との比較によっても知られる。本願寺には、現在、かつて藍色の表紙に用いられていたそぎ竹の約半分の長さのもの一本が別に保存されている。

と、詳述されている。

（10）「新指定の文化財　文化庁文化財保護部」（『月刊文化財』二三七号、昭和五十八年六月刊）二〇～二一頁。

（11）『冷泉家の生活と文化』（京都国立博物館、昭和五十七年六月刊）図版19「高光集」・20「小野小町集」、図版19に見返と八双が見える。

（第四章）

（1）図書寮叢刊『九条家本玉葉九』（明治書院、平成十五年三月刊）。

（2）新編日本古典文学全集『十訓抄』（小学館、平成九年十二月刊）。

（3）新潮日本古典集成『古今著聞集上』（新潮社、平成五年三月刊）。

（4）中島悦次「古今著聞集の増補と十訓鈔」『國學院雜誌』第五九巻十・十一月合併号、昭和三十三年十一月刊。

（5）新日本古典文学大系『千載和歌集』（岩波書店、平成五年四月刊）。

（6）拙稿「紙背文書と相批ぎ」（冷泉家時雨亭叢書別巻一『翻刻明月記紙背文書』三三四～三五〇頁、朝日新聞社、平成二十二年二月刊）。

（7）『公卿補任』建久三年条。田村悦子「藤原俊成の書状及び仮名消息の研究」（『美術研究』第百九十七号、一九～二一〇頁、昭和三十三年三月刊）。

（8）新日本古典文学大系『古事談　続古事談』（岩波書店、平成十七年十一月刊）。
（9）新日本古典文学大系『江談抄　中外抄　富家語』（岩波書店、平成九年六月刊）。

（第五章）

（1）a：『拾遺愚草』上中帖（『冷泉家時雨亭叢書』第九巻、朝日新聞社、平成五年十月刊）、b：『拾遺愚草』下帖（『冷泉家時雨亭叢書』第八巻、朝日新聞社、平成七年二月刊）。
（2）『古今和歌集』（定家筆本）（『冷泉家時雨亭叢書』第二巻、朝日新聞社、平成六年十二月刊）。
（3）『後撰和歌集』（定家筆本）（『国宝大事典　三書跡・典籍』No164、講談社、昭和六十一年八月刊）。図版には表紙が見えないが、表表紙料紙の折込みが見返しに見られる。
（4）『拾遺和歌集』（定家筆本）（汲古書院、平成二年十一月刊）。
（5）『散木奇歌集』（『冷泉家時雨亭叢書』第二十四巻、朝日新聞社、平成五年四月刊）。
（6）冷泉為臣編『藤原定家全歌集』（昭和十五年十月刊、国書刊行会、昭和四十九年三月再刊）五四二頁。
（7）同右註、五四三頁。
（8）同右註、五四四頁。
（9）註（1）a：前掲書解説一六頁。
（10）福井久蔵編『国語学大系』第九巻（厚生閣、昭和十四年九月刊）一五頁。

（第六章）

（1）『続史愚抄後篇』七十（国史大系十五、四三八頁）。
（2）『基長卿記』（東京大学史料編纂所謄写本、架号、二〇七三―一四二六三―五二）。
（3）註（1）に同じ。
（4）辻彦三郎『藤原定家明月記の研究』六四頁所収（吉川弘文館、昭和五十二年四月刊）。

(5) 同右註、七一頁所収。
(6) 「明月記」(『美の修復—京都国立博物館文化財保存修理所創立一〇周年記念報告書—』修理者協議会、平成二年十月刊) 参照。
(7) 大日本史料第十二編之十五、二六一頁、六七六頁。
(8) 同右註、六八六頁。
(9) 旧内閣文庫蔵、来歴志著録本誌『明月記』六四冊、架号、特九七函二号。
(10) 大日本古記録所収。
(11) 銘文掲載については、冷泉家時雨亭文庫及び重要文化財冷泉家住宅保存修理事務所(京都府教育委員会)塚本十三雄・熊本達哉両氏の御好意による。「冷泉家住宅保存修理事業について」(『しくれてい』冷泉家時雨亭文庫、平成八年一月刊) 参照。
(12) 『京源院殿御記』(内閣文庫蔵『資勝卿記』、東京大学史料編纂所謄写本、架号、六一七三—三一一—一一—六)。
(13) 東京大学史料編纂所『時慶卿記』架号、六一七三—一九—一九/—一五西本願寺蔵自筆本写真版。
(14) 『公卿補任』第三篇五六四頁。
(15) 『松屋会記』(『茶道古典全集　第九巻』三八三~三八四頁、淡交社、昭和三十二年十一月刊)。
(16) 『平安私家集三』解題(冷泉家時雨亭叢書、朝日新聞社、平成六年六月刊)。
(17) 『平安私家集一』解題(冷泉家時雨亭叢書、朝日新聞社、平成五年二月刊)。
(18) 『冷泉家の至宝展』図録(NHK、平成九年八月刊)。
(19) 註(1)に同じ。
(20) 尾上陽介氏が「史料編纂所所蔵徳大寺本『明月記』について」の(補註)で引用する、津村淙庵聞書き『譚海』巻三(十八世紀後期成立)に、「為家卿の後室阿仏尼其家の伝書を伝られて、上冷泉家代々相伝ありし故、彼家には古書ことごとくありしを、近世冷泉家に放蕩の人ありて、重代の書籍等を沽却せられしより、往々人間に散在したる事に成たり、仍て其家の文庫勅封せられ、其人といえどもうかがいひ見る事あたはず、上冷泉家に勅封閲覧といふ事有て、其人五十歳になれば勅使を玉はりて開封有、一生涯先祖の書籍披見を許さるる也、卒去あれば又封ぜられて見る事あたはず、」(『明月記研究』第一号五〇頁、平成八年十一月刊)とあり、二つの封を混同しているのは一般的な理解であろう。

(21) 川嶋将生「藤谷為賢小論—寛永文化における一公家の活動—」(『京都市歴史資料館紀要』第十号、平成四年十一月刊)参照。

(22) 「第七　建仁二年六月夏記」(『明月記　二』二四九頁、冷泉家時雨亭叢書、朝日新聞社、平成五年十二月刊)為久修理記。

「　　右一巻廿五枚半物九脱紙繁多、
端一枚并賀茂祭記一枚、享保七夏続加之、
祭記年頗不分明、一日記文云、伝少弁参会東宮使
領状畢云々、祭之処東宮使左少弁符合、料紙不似合
他巻之間、続入了、　　　　　　　　　　　」

(第九章)

(1) 加地伸行『儒教とは何か』三四頁(中公新書九八九、中央公論新社、平成二年十月刊)。

(2) 『古事記』(『新編日本古典文学全集1』四五〜四六頁、小学館、平成九年六月刊)。

(3) 奈良国立博物館展示図録『平成二十七年度　特別陳列　おん祭と春日信仰の美術—特集御旅所—』36、五九頁、平成二十七年十二月刊)。

(4) 錦仁氏は「和歌は神の〈声〉として始まったのであり、それゆえに神仏と人間の関係を構築するものとして期待されてきたのであった。」(『聖なる声—和歌にひそむ力』五四頁三弥井書店、平成二十三年五月刊)とも述べられている。筆者は神に限定して考えている。

（5）『古今切紙集　宮内庁書陵部蔵』（京都大学国語国文資料叢書四〇）三一〇頁、臨川書店、昭和五十八年十一月刊。
（6）『近代秀歌（自筆本）』（『日本歌学体系』第参巻三三一頁、風間書房、昭和三十一年十二月刊）。
（7）横井金男『古今伝授の史料的研究』（臨川書店、昭和五十五年二月刊）「第一篇歌学相伝史第三章二条家歌学と基俊。俊成の相伝系列」で詳述された。
（8）冷泉家時雨亭叢書第五十一巻『冷泉家古文書』。
（9）『中世日記紀行文学全注釈集成　第三巻』（飛鳥井雅有卿記事）一九九〜二〇〇頁、勉誠出版、平成十六年十二月刊。
（10）註（8）『冷泉家古文書』一号。
（11）『源承口伝抄』風間書房、平成十十六年二月刊。
（12）三輪正胤『歌学秘伝の研究』風間書房、平成六年三月刊。
（13）伊藤聡「秘儀としての注釈」（『儀礼と創造』一五〇頁、岩波講座日本の思想第七巻、岩波書店、平成二十五年十二月刊）。別稿に譲るが、筆者は『伊勢物語』の伊勢神社の斎宮物語から神道の一書となり、古今伝授へ取り入れられていく、と考えている。
（14）註8『冷泉家古文書』三八号。
（15）拙著『本を千年に伝える』朝日新聞出版、平成二十二年十月刊。
（16）『擬定家本私家集』（冷泉家時雨亭叢書第七三巻、朝日新聞社、平成十七年十二月刊）、『擬定家本私家集続』（同叢書第九十巻、同社、平成二十七年二月刊）、『擬定家本私家集続々』（同叢書第九十一巻、同社、平成二十七年四月刊）。
（17）遠藤邦基「擬定家本の定家仮名づかい―親本〈資経本〉から改訂された表記―」（『國語國文』第八十二巻第四号（九四四号）、平成二十五年四月刊）。
（18）小高道子「御所伝授の成立と展開」（『近世堂上和歌論集』三二七〜三二八頁、明治書院。平成元年四月刊）。

（19）拙著『中世史料学叢論』（思文閣出版、平成二十一年三月刊）一七頁「三「起請」文書」。

（20）海野圭介「吉田神道と古今伝受―『八雲神詠伝』の相伝を中心に―」（伊藤聡編『中世文学と隣接諸学3 中世神話と神祇・神道世界』四三九頁、竹林舎、平成二十三年四月刊）。

（21）同右註、四四〇～四四二頁。

（22）海野圭介「古今伝授の室内―君臣和楽の象徴空間」（『聖なる声―和歌にひそむ力』一九六頁、三弥井書店、平成二十三年五月刊）。

（23）平成二十五年七月十四日、京都産業大学日本文化研究所主催、後桜町天皇崩御二百年祭記念シンポジウムの口頭発表、「御所伝授について」を基にしている。

出典一覧（拙稿の収録に当たり、校訂増補を行った。）

第一章
『明月記』巻子本の姿』（日本の美術第四五四号、至文堂、平成十六年三月刊）。

第二章
『明月記』の写本学研究―貴族日記と有職故実書―」（『日記・古記録の世界』、思文閣出版、平成二十七年三月刊）。

第三章
「巻子本から冊子本へ―『明月記』と紀貫之本『土左日記』の表紙―」（『日本歴史』第五六二号巻頭図版・共、平成七年三月刊）。

第五章
「藤原定家自筆本『拾遺愚草』の書誌的研究」（京都文化博物館研究紀要『朱雀』第八集、平成七年十二月刊）。

第六章
「冷泉家御文庫の封印と『明月記』」（京都文化博物館研究紀要『朱雀』第十集、平成十年三月刊）。

第七章
「定家様から見る書道の美―冷泉家の和歌と書―」（『日本藝術の創跡二〇』、クオリアート、平成二十七年八月刊）。

第八章
「『明月記』の食事」（歴史読本特別増刊　事典シリーズ17『たべもの日本史総覧』、新人物往来社、平成五年一月刊）。

定家年表（「記事」の「○」は原本（古筆切含）があり「△」は写本のみを示す。承久三年は表紙のみ。）

年号	西暦	年齢	官位	記事有無	事項
応保二年	一一六二	1		×	誕生。（父顕広49歳。母加賀）
長寛元年	一一六三	2		×	
長寛二年	一一六四	3		×	
永万元年	一一六五	4		×	
仁安元年	一一六六	5	従五位下	×	（父叙従三位）
仁安二年	一一六七	6		×	（父叙正三位、俊成と改む。平清盛太政大臣となる。）
仁安三年	一一六八	7		×	
嘉応元年	一一六九	8		×	
嘉応二年	一一七〇	9		×	
承安元年	一一七一	10		×	
承安二年	一一七二	11		×	
承安三年	一一七三	12		×	
承安四年	一一七四	13		×	
安元元年	一一七五	14	従五位下・侍従	×	
安元二年	一一七六	15		×	（父出家、法名釈阿）
治承元年	一一七七	16		×	
治承二年	一一七八	17		×	
治承三年	一一七九	18	従五位下・侍従、昇殿	×	

年号	西暦	年齢	官位	記事有無	事項
治承四年	一一八〇	19	従五位上・侍従	○	『明月記』を書き始める。五条亭焼失。（源頼朝挙兵）
養和元年	一一八一	20		○	（平清盛薨去）
寿永元年	一一八二	21		×	
寿永二年	一一八三	22	正五位下・侍従	×	
元暦元年	一一八四	23		×	
文治元年	一一八五	24		×	源雅行殴打事件（あしたづ歌）
文治二年	一一八六	25		×	九条家家人となる。
文治三年	一一八七	26		×	
文治四年	一一八八	27		△	（俊成、千載和歌集を奏覧）
文治五年	一一八九	28	正五位下・左近衛権少将	×	
建久元年	一一九〇	29	従四位下・左近衛権少将	×	
建久二年	一一九一	30		×	
建久三年	一一九二	31		○	（後白河法皇崩御。源頼朝征夷大将軍任ぜらる。）
建久四年	一一九三	32		×	（母逝去）
建久五年	一一九四	33		○	
建久六年	一一九五	34	従四位上・左近衛権少将	○	
建久七年	一一九六	35		○	
建久八年	一一九七	36		×	
建久九年	一一九八	37		○	（為家誕生）
正治元年	一一九九	38		○	
正治二年	一二〇〇	39	正四位下・左近衛権少将	○	
建仁元年	一二〇一	40		○	

建仁二年	一二〇二	41	正四位下・左近衛権中将	○	
建仁三年	一二〇三	42		○	
元久元年	一二〇四	43		○	(俊成、91歳薨去)
元久二年	一二〇五	44		○	新古今和歌集竟宴。
建永元年	一二〇六	45		○	
承元元年	一二〇七	46		○	
承元二年	一二〇八	47		○	
承元三年	一二〇九	48		×	
承元四年	一二一〇	49	正四位下・内蔵頭	×	
建暦元年	一二一一	50	従三位・侍従	○	
建暦二年	一二一二	51		○	
建保元年	一二一三	52		○	
建保二年	一二一四	53	従三位・参議侍従	△	
建保三年	一二一五	54		△	
建保四年	一二一六	55	正三位・参議治部卿	△	
建保五年	一二一七	56		△	
建保六年	一二一八	57	正三位・参議民部卿	△	
承久元年	一二一九	58		旧表紙○	
承久二年	一二二〇	59		×	
承久三年	一二二一	60		×	(承久の乱)
貞応元年	一二二二	61	従二位・前参議民部卿	×	
貞応二年	一二二三	62		×	
元仁元年	一二二四	63		×	

嘉禄元年	一二二五	64		○	
嘉禄二年	一二二六	65		○	
安貞元年	一二二七	66	正二位・前参議	○	
安貞二年	一二二八	67		×	
寛喜元年	一二二九	68		○	
寛喜二年	一二三〇	69		○	
寛喜三年	一二三一	70		○	
貞永元年	一二三二	71	権中納言・辞権中納言	○	(御成敗式目制定)
天福元年	一二三三	72	正二位・前権中納言	○	出家、法号「明静」。
文暦元年	一二三四	73		△	
嘉禎元年	一二三五	74		△	新勅撰和歌集撰進。『明月記』の記事が終る。
嘉禎二年	一二三六	75		×	
嘉禎三年	一二三七	76		×	
暦仁元年	一二三八	77		×	
延応元年	一二三九	78		×	
仁治元年	一二四〇	79		×	
仁治二年	一二四一	80		×	八月二十日薨去

あとがき

かつて、新潮社の雑誌『波』に、堀田善衛氏が『明月記』を通して定家像を描く、「定家明月記私抄」の連載にあたり、筆者は『明月記』の引用文に関する校閲を依頼された。連載終了後は正続二冊、さらに一冊にまとめられて出版された。堀田氏の適格な史料の採取と筆力によってよみがえって来る定家像に驚き、『明月記』と格闘する作家の姿を見た。その経験から『明月記』はあらゆる角度からの研究が必要であり、かつ研究を可能にする史料であることを再認した。しかし、文学的才能のない筆者は具体的な定家像に迫ることができないと自覚している。そこで、『明月記』の虫食いに浸食された巻子『明月記』を開くことに格闘してから、現在にいたるまで、巻子本『明月記』は何かを、原本自体から考え続けて来た。

振り返って、転機になった文化庁美術学芸課（現在の美術工芸課）の書跡・典籍部門と古文書部門の主任調査官に五十代で就任してからの冷泉家時雨亭文庫の書跡・典籍の指定について記してみる。

まず、重要文化財から国宝に格上げしたのが、『明月記』と『拾遺愚草』である。重要文化財に指定したのは『朝儀次第書』『冷泉家歌書類』『私家集』勅撰集』『宴曲』であった。御文庫に収納していた室町時代までの歌書類は八割がたが国の指定となり、ほぼ保全が整った。江戸時代の歌書類は次の世代に、との冷泉家の意向で留保した。その過程で懸念していたことが二つある。一つは修理である。

主任になったときは、『明月記』の三分二以上の修理が終わっていた。為久による修理は原表紙が紙背になっており、もとの巻子の状態で装訂がなされていた。昭和六十二年度から始められた修理では、紙背の原表紙を表にして修理がなされていた。この行為は、為久からの現状変更であり、巻子本の姿を改変することになる。もとのように直そうとしたが、時すでに遅く、一貫性を欠くことになり、あきらめた次第である。修理はその時代を反映するため、前の姿を変えられることが多いと身に沁みた。

もう一つは、国宝に格上げする際のことである。

昭和五十七年の重要文化財の官報告示は、

明月記自筆本　五十四巻
附　補写本　五巻
旧用紙（十枚）　一巻

である。「附（つけたり）」は指定に準ずる位置づけで補助的なものを加えている。補写本の五巻の内容は、次のものである。

・『建仁三年十二月記』一巻は、為村が明和四年（一七六七）に他本（現在、下郷共済会文庫蔵）から臨写して、冷泉家に遺っていた原表紙をつけた巻子である。

・他の四巻は『建永二年春記』『建永二年夏記』『建永二年秋記』『建永二年冬記』の一年分である。この四巻は江戸時代の書写として、本体から切り離して「附」となっていた。

筆者はこの指定には懐疑的であった。この四巻は、見るからに新しく見え、江戸時代の写本と錯覚してしまう。しかし、為久は、修理の時に一連のものとして、表紙に朱で通し番号「廿八・廿九・卅・卅一」を書いている。さらに、慶長十九年（一六一四）に金地院で徳川家康の命により、古典籍書写事業が行われた一環に、冷泉家の『明月記』も含まれていた。その時の写本が国立公文書館に所蔵されている。幸いにもこの四巻は書写されていた。その写本と比較すると、虫食いにいたるまで写されていて、原本の痕と一致している。そうなると、慶長十九年にはすでに冷泉家にあり、原本の扱いをされていたことが裏づけられる。

『明月記』の修理が平成十一年三月で修了した結果、それまで享保年間の修理に施された厚手の裏打紙が剥がされ、薄手の裏打紙になり、紙背文書が判読できるようになったことも相俟って、国宝に格上げすることとなった。そこで、文化庁の指定会議の第一専門委員会委員で、中世の紙の権威である富田正弘氏に指定の前に、建永二年分四巻を中心に調査を依頼した。その結果、一連の鎌倉時代の紙と同じであり、筆跡も中世のものとしてよいとの結論がでた。指定会議の際、調査報告をしていただき、本体に合わせることができた。また、新しく追加された一幅は、日附がなく本文のみであるが、正治二年（一二〇〇）十月廿七日条の断簡であることが判明したことにより、追加ができた。この結果、名称は、

明月記自筆本　五十八巻、一幅
　附　補写本　一巻
　　旧用紙（十枚）　一巻

となり、平成十二年六月二十七日附の官報告示により、国宝に格上げができたことが、指定の一番の思

い出である。

現在、冷泉家時雨亭叢書別巻『翻刻明月記』全三冊の内、二冊が出版され、三冊目が刊行に向かって原本校正が行われている。国書刊行会本は写本による翻刻であった。が、今回は、冷泉家時雨亭文庫の国宝原本を中心に、散逸した原本も集めて、『明月記紙背文書』を翻刻された田中倫子氏が新たな解釈のもとに、一文字一文字を校訂して原稿を作っている。今後は本書が『明月記』研究の基本となろう。

本書を閲読して貴重なご指摘を頂いた上念薫氏と万波寿子氏、編集部の西之原一貴氏・藤井彩乃氏に御礼申し上げます。

本書をまとめられたのも、冷泉家の御先代の為任・布美子様、御当主の為人・貴実子様が長年温かく見守ってくださったからであり、衷心より感謝申し上げます。

藤本孝一（ふじもと　こういち）

1945年、東京都に生まれる。

法政大学大学院人文学科研究科日本史学専攻博士課程単位取得中退。

博士（文学）。

前文化庁美術学芸課主任文化財調査官。大阪青山大学客員教授、龍谷大学文学部客員教授をつとめ、現在、冷泉家時雨亭文庫調査主任、真言宗大本山随心院顧問（文化財）。

主要著書に『賀茂季鷹所蔵本古今和歌集下・紙背文書影印』（日本史料研究会、2014年）、『本を千年つたえる　冷泉家蔵書の文化史』（朝日新聞出版、2010年）、『中世史科学叢論』（思文閣出版、2009年）、『禅定寺文書』（吉川弘文館、1979年）などがある。

日記で読む日本史 14
国宝『明月記』と藤原定家の世界

二〇一六年七月三十一日　初版発行

著者　藤本孝一
発行者　片岡敦
印刷製本　亜細亜印刷株式会社

発行所　株式会社 臨川書店
606-8204 京都市左京区田中下柳町八番地
電話（〇七五）七二一―七一一一
郵便振替　〇一〇七〇―二―八〇〇

落丁本・乱丁本はお取替えいたします
定価はカバーに表示してあります

ISBN 978-4-653-04354-6　C0395　© 藤本孝一 2016
〔ISBN 978-4-653-04340-9　C0321　セット〕